진동하는 세계

dot. 15   김한라

진동하는 세계   아작

toc.

프롤로그

인간을 가만히 보고 있으면 이런 생각이 든다. 아버지 등에 업혀 스스로 하늘을 날고 있다고 착각하는 꼬마 아이 같다고 할까. 적어도 내가 보기엔 그렇다. 특히 작곡하는 인간을 보면 더욱 그런 생각이 든다. 엄밀히 말하면 그들이 스스로 곡을 쓴 게 아닌데도 위대한 창작자로 역사적인 칭송을 받고 있다. 미리 말하지만 절대로 그들을 폄하하는 게 아니다. 나는 인간이 만든 음악을 좋아한다. 차이코프스키나 라흐마니노프를 들으면 심장이 물 위에 뜨고, 우울할 땐 더 우울해지는 노라 존스를 들어야 직성이 풀린다. 인간의 음악에 대해선 아이돌 팬 미팅에 줄을 서는 여느 고등학생의 마음과 다르지 않다. 그럼에도 그렇게 생각하는 이유는 인간이 어떻게 음악을 만드는지 알고 있기 때문이다. 아니, 정확히는 음악이 인간에게 어떻게 도달하는지.

인간이 죽으면 검은 공간이라는 곳으로 간다. 그곳은 아주 어둡고 광활하다. 멀리서 보면 아무것도 없는 텅 빈 공간이다. 하지만 자세히 보면 가느다란 끈이 셀 수 없이 가득하다. 모든 끈은 진동하면서 소리를 낸다. 검은 공간은 한마디로 모든 종류의 음악이 모여 있는 곳이다. 바로 이곳에서 아주 놀라운 일이 펼쳐진다. 죽은 이는 지구에서부터 먼 길을 날아와 검은 공간의 문을 열고 들어간다. 하지만 그전에 반드시 인생 - 파동 변환 기계를 통과해야만 한다. 이 기계는 말 그대로 인생을 해석해 파동으로 변환해주는 기계다. 죽은 이의 영혼이 인생 - 파동 변환 기계를 통과하는 과정을 옆에서 보면 이렇다. 먼저 영혼이 기계 속으로 천천히 들어간다. 그러면 그 영혼이 살아온 인생의 모든 순간이 기계에 입력되고 매우 복잡한 알고리즘이 가동된다. 기계를 빠져나와 마침내 파동 세계에 들어서는 영혼의 최후는 참 허무하다. 사람의 형체를 하고 있던 영혼은 온데간데없고, 미세하게 진동하는 여러 개의 끈들이 그의 분신처럼 기계의 출구를 통해 빠져나온다. 마치 반죽을 넣고 국수 면을 뽑는 것처럼.

검은 공간에는 아주 많은 사람의 음악이 유영하고 있다. 화려한 인생은 주로 웅장한 오케스트라이고, 처량하지만 묵직했던 인생은 무반주 바이올린 연주곡일 때가 많다. 인생의 변곡점에선 음악이 다른 주제로 넘어가고, 가장 행복했던 순간엔 짜릿한 전율이 느껴진다. 명쾌한 해답을 좋아했던 사람은 선명한 화음이 많고, 모호한 경계를 즐겼던 사람은 오묘한 불협화음이 많다. 이 중에서 어떤 음악은 인간의 부름을 받고 갑자기 지구로 빨려 들어간다. 그것을 빨아들인 작곡가는 오선지에 신들린 듯이 악보를 적는다. 음악은 그렇게 만들어지고 있다. 인간은 몰랐을 테지만.

그런데 잠깐. 말하는 사이에 어떤 영혼이 탈출을 시도하고 있다. 영혼의 몸이 인생-파동 변환 기계에 절반쯤 들어갔을 때였다. 영혼은 엄청난 괴력을 발휘해 자신의 몸을 끄집어내려고 안간힘을 썼다. 전혀 예상치 못한 일이었다. 기계에 금이 가면서 경고음이 울리기 시작했다.

"안 돼! 뭐 하는 짓이야!"

영혼을 붙잡으려고 했지만 이미 늦은 일이었다. 영혼은 끈으로 변해버린 자신의 하반신을 힘겹게 들어 밖으로 힘껏 도약했다. 나는 영혼이 순식간에 지구로 떨어지는 것을 가만히 보고 있을 수밖에 없었다. 그러는 사이 인생-파동 변환 기계가 흉측하게 반으로 쪼개졌고 기계의 영혼도 뒤따라 지구로 뛰어내렸다.

1

윤우는 바이올린 전공생이다. 매일 바이올린을 연습하고 바이올린을 생각한다. 이것 외에 딱히 관심을 둘 만한 게 없어서가 아니라 그만큼 치열하게 모든 것을 투입하지 않으면 안 되기 때문이다. 악기를 배운 건 우연이었지만 전공을 하면서 운명이 되었다. 대학교에 가기 전에 전공을 갖는다는 건 그런 의미다. 어렸을 때부터 해온 것이라 놓을 수 없고, 앞으로도 해야 하는 것이라 더욱 놓을 수가 없다. 그리고 지금 연습하는 악보의 첫 페이지도, 완벽해지기 전까지는 넘길 수가 없다. 이마에 땀이 맺혔다.

왼손 손가락이 안 보일 정도로 빠르게 움직였고 바이올린 활은 매섭게 지판을 가로질렀다. 잠시도 쉬지 않고 벌써 다섯 시간째였다. 잠시 호흡을 고르기 위해 바이올린을 내려놓았다. 책상 선반에 색이 바랜 영국행 비행기 표가 눈에 들어왔다. 구겨진 표면 위로 먼지가 옅게 쌓여 있어 오랫동안 건드리지 않은 티가 났다. 어렸을 때 아버지 손에 이끌려 갔던 해외여행이었다. 그땐 너무 어려서 감흥이 없었지만 윤우의 아버지는 비틀스의 생가를 간다며 혼자 들떠 있었다.

아버지는 늘 윤우에게 많은 음악을 들려주었다. 비틀스나 밥 딜런의 노래부터 쇼팽, 스크랴빈, 말러 교향곡까지 휴일이면 하루 종일 음악을 틀어놓았다. 아버지는 거실에 있는 대형 스피커 앞에서 온몸으로 음악을 맞으며 취한 듯 비틀거렸다. 어떤 곡은 너무 지겹도록 들어서 외울 정도였다. 클래식이 지루해질 때쯤 아버지가 팝송을 틀면 그게 그렇게 좋을 수가 없었다. 어머니는 아버지가 온종일 음악을 틀어놓는 것이 불만이었다. 그래서 가끔 참다못해 이제 그만 끄라고 소리를 질렀다. 그러면 스피커의 음량이 확

줄어들었고 윤우도 따라서 의기소침해졌다. 눈가가 뜨거워졌다. 아버지는 지금으로부터 6년 전, 윤우가 초등학교 3학년 때 돌아가셨다. 퇴근길 교통사고였다. 멋대로 고가의 스피커를 구매하고 강제로 음악을 듣게 만들어서 어머니에게 미안했는지, 작은 손편지와 함께 케이크를 들고 집으로 오다가 그렇게 한순간에 가셨다. 윤우는 장례식 때 다른 건 잘 기억이 나지 않지만 어머니가 많이 울었던 것만 생각이 났다.

사람들은 윤우를 보고 바이올린 천재라고 한다. 영재아카데미에서 윤우를 모르는 사람은 없었다. 그곳은 동네 학원 선생님에게 재능 있다는 말을 들은 어머니들이 아이를 데리고 찾아오는 곳이었다. 모두 자신의 아이가 특별하다고 생각했다. 그런 어머니들조차 못 본 척할 수 없이 인정한 아이가 바로 윤우였다. 윤우가 처음부터 떡잎이 달랐던 건 아니었다. 오히려 평균보다 늦은 나이에 제대로 된 레슨을 받기시작한 케이스였다. 하나 장점이 있다면 끈기였다. 백번 연습하라면 백 번을 하고 오백 번 하라면 오백 번을 했다. 어린 것이 어쩜 그렇게 인내심이 대단하냐

고들 할 텐데 사실 억지로 한 적이 없다. 그렇게 하면 오백 번은커녕 열 번도 하기 싫었을 것이다. 윤우가 하루 종일 바이올린을 켤 수 있었던 이유는 공중부양의 맛을 알아버렸기 때문이었다. 아카데미에 다닌 지 1년이 지났을 때쯤이었다. 바이올린을 켜는데 갑자기 윤우의 몸이 붕 떠올랐다. 믿기 어렵겠지만 말 그대로 바닥에서 발이 떨어졌다. 그러면서 윤우의 위를 가로막고 있던 모든 천장이 사라졌고 순식간에 주위가 온통 깜깜한 공간에 도착해 있었다. 마치 우주선이 난파되어 우주 공간을 유유히 떠도는 것 같았다. 아래를 봤더니, 윤우가 있던 연습실은 저 멀리 당구 초크처럼 초미세 정육면체로 축소되어 있었다.

처음엔 이게 대체 무슨 현상인가 했다. 죽기 전에 육체와 분리된다는 유체이탈과 비슷하다고 느껴지긴 했으나 윤우는 결코 차에 치이지도 병원에 누워 있지도 않았다. 어쨌거나 정육면체로 압축된 연습실을 보고 있으니 왠지 모를 희열이 느껴졌다. 윤우의 몸은 헬륨 풍선이 된 것처럼 가벼웠고, 그의 의지에 따라 어디든 이동할 수 있을 것처럼 느껴졌다. 그

황홀한 곳을 윤우는 스스로 검은 공간이라고 부르기로 했다. 검은 공간엔 특이한 점이 하나 있었다. 그곳엔 고무줄처럼 생긴 끈들이 가득했다. 그리고 신기하게도, 사방에서 온갖 종류의 음악 소리가 잔잔하게 들려왔다. 아마도 실타래처럼 풍성한 끈이 출렁거리면서 만들어내는 소리 같았다. 윤우가 손을 휘저어 나아가면 다른 음악이 들렸고, 또 나아가면 또 다른 음악이 들렸다. 음악으로 가득 찬 심해를 헤엄치는 것 같았다.

한번은 연습을 하고 있는데 어머니가 인기척도 없이 방문을 벌컥 열고 들어왔다.

"아, 깜짝이야! 떨어졌잖아!"

순간적으로 자신도 모르게 튀어나온 말이었다. 검은 공간에 있던 윤우는 순식간에 현실로 돌아왔다. 어머니는 무슨 말인지 잠깐 생각하더니 물었다.

"뭐가 떨어져? 학교에서 무슨 시험 봤니?"

"아, 아니야."

윤우는 황급히 말을 주워담았다. 그리고 어머니의 표정을 살폈다. 공중부양을 하고 있는 자신의 모습이 어떻게 보였을지 전혀 몰랐기 때문이었다. 검은 공간에 가 있는 동안 현실에 있는 육체는 마약에 취한 사람처럼 눈이 풀리거나 귀신처럼 고개를 푹 떨구고 있을지도 모르는 일이었다. 신체에 대한 제어 능력을 잠시 잃고 침을 질질 흘리거나 생리현상을 해결하고 있을 수도 있었다. 하지만 기우였다. 어머니는 아무렇지 않은 듯 방문을 닫았다. 그래도 혹시 자신의 은밀한 모습을 들키지 않기 위해 윤우는 자기가 원할 때만 공중부양을 하도록 초능력을 통제하려 했다. 그러나 윤우에게 초능력을 통제하는 초능력까지는 없었다.

공중부양을 하는 건 언제나 윤우의 의지와 상관없이 갑작스럽게 이루어졌다. 연주를 하다가 조금만 음악에 몰입하면 순식간에 공중부양이 시작되었다. 특히 레슨을 받을 때 수도 없이 검은 공간으로 날아갔다. 다행히 레슨 선생님도 어머니처럼 별다른 반응을 보이지 않았다. 윤우는 공중부양을 들킬 염려를 하지 않고, 언제든 연주에 몸을 맡겨 홀가분하게 검은 공간으로 떠났다. 연주에 깊이 몰입할수록 더 쉽게 검은 공간에 갈 수 있다는 사실도 터득하게 되었다. 몰입이 공중부양의 열쇠였다.

윤우는 바이올린 외에 다른 방법으로도 공중부양이 가능한지 혼자만의 실험을 했다. 길을 걷다가 검은 공간을 애써 상상해보기도 하고, 컴퓨터 게임을 하면서 엄청난 집중력을 발휘해보기도 했다. 아예 불을 끄고 커튼을 친 방에서 미친 듯이 점프를 해보기도 했다. 하지만 모두 소용이 없었다. 오직 바이올린을 하면서 연주에 깊이 몰입해야만 공중부양을 할 수 있었다. 그래서 온종일 바이올린을 연습했다. 일단 공중부양에 성공하고 나면 몸이 알아서 연습을 다섯 시간씩 했고, 윤우는 그저 나만의 비밀 음악 감상실에 누워 경이로운 끈의 파도를 맞고 있으면 되었다. 그렇게 연습을 하다 보니 어느새 윤우가 바이올린 천재로 불리고 있었던 것뿐이다.

물론 어머니에게 공중부양 초능력을 털어놓은 적도 있었다.

"엄마, 나한테 이상한 증상이 있는데. 바이올린 할 때마다 몸이 붕 떠올라서 다른 곳으로 멀리 날아가버려."

"그게 무슨 소리야. 이상한 게 보인다는 거니?"

"응, 내가 순식간에 어두운 공간에 가 있고 내가
원래 있던 곳은 아주 작은 점처럼 멀어져 있어."

어머니는 윤우의 양쪽 눈을 번갈아 보았다. 그러
곤 윤우가 본 검은 공간에 대해선 더 묻지 않고 요
새 기운이 없거나 불면증이 있진 않은지에 대해서만
물었다. 윤우는 더 이상 이 얘기를 꺼내지 않았다.
그저 선물처럼 주어진 초능력을 즐겼다. 그렇게 비교
적 수월하게 바이올린 천재가 되었고 예술중학교에
수석으로 입학했다. 하지만 쉽게 얻은 능력의 대가
는 혹독했다.

—바흐 바이올린 소나타 1번 사단조 BWV 1001
4악장 Presto—

뭐든지 반복은 실력으로 이어진다고, 몇 년씩 공
중부양을 하나 보니 검은 공간에서 자유자재로 움
직이는 수준에 이르렀다. 그리고 검은 공간에서의
움직임이 연주의 표현력에 반영된다는 것도 깨달았

다. 빨리 달리면 연주가 급해졌고, 느리게 걸으면 연주에 여유가 묻어났다. 곡을 잘 표현하기 위해서, 윤우는 단지 음악에 어울리는 느낌을 몸으로 그려내면 되었다.

지금 연주하는 바흐 소나타 곡은 이를테면 이런 느낌이다. 심장이 종이처럼 납작해진다는 미국의 한 롤러코스터가 출발한다. 아버지와 미국에 갔을 때 탔던 놀이기구다. 열차가 천천히 레일을 올라간다. 맨 꼭대기에서 떨어지기 일보 직전. 윤우는 앉아 있는 게 아니라 일어서 있다. 서서 타는 롤러코스터다. 마음의 준비를 할 새도 없이 곤두박질친다. 심장이 중력을 벗어나면서 그 아래 횡격막은 겁에 질려 심장을 잡아당긴다. 롤러코스터가 하강하던 그 기분처럼 윤우는 검은 공간을 하염없이 뚫고 내려간다. 바흐 소나타는 그러다가 난기류를 만나 흔들리는 구간도 있다. 크게 요동치는 코스도 있고, 작게 요동치는 코스도 있다. 윤우의 몸은 계속해서 검은 허공을 가로지른다. 윤우가 있던 레슨실이 저 멀리 당구 초크처럼 아주 작게 보인다. 몸의 움직임이 격해질수록 윤우의 바이올린 연주도 클라이맥스를 향해 간다.

"더 휘몰아치게, 달려가서…… 내리꽂아!"

내리꽂으라는 레슨 선생님의 목소리에 놀라 몸이 들썩였다. 윤우는 순식간에 검은 공간에서 레슨실로 빨려 들어왔다. 롤러코스터에 몰입했다가 깨어나는 데에는 0.5초 정도가 필요했다. 손가락이 꼬이고 활은 퉁겨져 지저분한 소리가 났다. 물론 레슨 중에 틀리는 건 전혀 문제 될 일이 아니다. 문제는 다음 날 학교에서 일어났다. 계단을 내려가다가 뒤꿈치가 미끄러져 계단 끄트머리에 엉덩방아를 찧은 것이다. 엉덩잇살도 아니고 꼬리뼈를 아주 정통으로 내리꽂았다. 다행히 골절은 면했지만 몇 달 동안 의자에 앉는 게 고역이었다.

통증은 오래갔지만 그에 비할 수 없는 일이 기다리고 있었다. 아카데미에서 하는 향상음악회를 준비하던 때였다. 윤우는 피아노 반주자 선생님과 리허설을 했다. 칭찬을 아끼지 않는 밝은 분이었고 반주 실력도 출중했다. 여러 번 호흡을 맞춰본 선생님이라 이번에도 역시 편하게 공중부양에 몰입할 수 있었다. 그날 연습실에는 반주자 선생님과 윤우 단둘이 있었다. 서로를 등진 채 연주에 몰입하며 향상 음악회 곡을 몇 번째 맞추는 중이었다. 그런데 갑자기 피아노 소리가 뚝 끊겼다. 쿵 소리가 났고 선생님이 바닥에 쓰러져 있었다. 윤우는 너무 놀라 선생님을 흔들어 깨웠다. 아무런 반응이 없었다. 윤우는 바깥에 도움을 청했고 선생님이 구급차에 실려 가는 모습을 보았다. 그리고 선생님의 사망 소식을 들었다. 같이 있던 사람이 죽는다는 게 그런 기분이었다. 사람들은 윤우를 의심했다. 반주자 선생님과 마지막까지 같이 있었던 사람이기 때문이었다.

"연습실에 무서워서 못 들어가겠어. 생각해보니 연습실엔 CCTV도 없잖아. 쟤가 갑자기 들어오기라도 하면."

"그러게 말이야. 한 번도 무서운 곳이라는 생각을 해본 적이 없는데."

이렇게 소곤대는 사람들도 있었다. 하지만 그런 의심의 눈길에 일일이 대처하기엔 윤우 자신도 혼란스러워 제대로 정신을 차릴 수조차 없었다. 자신을 탓하려고 해도 탓할 이유가 없었다. 장례식장을 나오면서 어머니는 윤우를 꼭 안았다. 자신보다 더 충격을 받았을 아들을 달래기 위해 심장이 안 좋으면 그럴 수 있다고 주문을 걸듯이 말했다. 윤우는 불안 증세가 생겼다. 어머니는 윤우를 신경정신과에 데려 갔다.

—파가니니 카프리스 24번 가단조—

예술고등학교 입시가 다가오고 있었다. 윤우처럼 예술중학교 학생들은 웬만해선 떨어지지 않지만 그 럴수록 방심하면 안 된다. 윤우는 공중부양 시간을 더 늘렸다. 학교에 가지 않는 주말에는 거의 열 시간 을 연습했다. 어머니는 윤우가 입시를 앞두고 연습 을 더 열심히 한다며 대견해했다.

파가니니를 검은 공간에서 표현하는 법은 이랬 다. 첫 부분에선 병정처럼 또각또각 걷는다. 흐물거 리는 관절을 뚝뚝 끊어 잡는 팝핀 댄서라고 봐도 된 다. 그만큼 절도 있게 시작하는 곡이었다. 새로운 주 제가 시작되는 부분에선 달라진다. 윤우는 접영을 하는 것처럼 굽이치는 진동을 만들어냈다. 끈들은 그것을 하나도 남김없이 이어받아 사방으로 퍼뜨렸다. 그 진동에 따라 윤우의 바이올린 소리도 출렁거렸다. 하지만 왠지 성에 차지 않았다. 좀 더 세게 흔들어야 하나? 아니나 다를까 레슨 선생님이 이 부분을 듣다가 윤우를 멈춰 세웠다.

"여기서는 뱀이 꼬물꼬물하듯이 해야 돼."

선생님이 자신의 바이올린을 어깨에 올리며 말했다. 그리고 직접 시범을 보여주었다.

"뱀처럼 꼬물꼬물하게 표현해야 재밌지."

선생님은 꼬물꼬물한 연주를 반복해서 들려주었다. 그리고 이 말은 저번처럼 부메랑이 되어 윤우에게 돌아왔다. 레슨이 끝나고 어머니와 차에 탔다. 차는 주차장 출구로 가고 있었다. 그런데 갑자기 왼쪽에서 아이가 불쑥 튀어나와 핸들을 오른쪽으로 휙, 이번엔 오른쪽에서도 아이가 달려 나와 핸들을 왼쪽으로 꺾었다. 엉덩이가 좌우로 요동쳤다. 엉덩이가 쏠리면서 꼬리뼈를 제대로 훑고 지나가는 바람에 통증이 다시 돌아오는 듯했다. 어머니는 차를 급정지하고 눈을 깜빡거리며 놀란 가슴을 쓸어내렸다. 두 아이의 어머니들이 쫓아 나와 아이를 살피는 모습이 백미러로 보였다.

'여기서는 뱀이 꼬물꼬물하듯이 해야 돼.'

레슨 선생님이 했던 말이 귓전을 스쳤다.

공중부양을 시작한 뒤로 이상한 힘에 휘말리고 있다는 느낌을 지울 수 없었다. 반주자 선생님의 돌연사도 레슨 선생님의 암시도 모두 윤우가 공중부양을 하고 있을 때 일어난 일이었다. 특히 자동차의 꼬물꼬물 사건은 꼬물거리는 면발을 볼 때마다 계속 떠올랐다. 레슨 선생님의 꼬물꼬물 발언과 자동차의 꼬물꼬물 사건, 지금 목구멍으로 넘기고 있는 국수면까지 모두 하나로 연결된 느낌이 들었다. 비빔장을 두르고 엉켜 있는 면은 검은 공간에 있는 끈을 연상시켰다. 가장 신비롭고 아름다운 음악을 들려주던 끈이 이제는 윤우를 결박하고 있는 쇠사슬처럼 느껴졌다.

"나 못 먹겠어. 갑자기 속이 울렁거리네."

"왜, 그래도 좀 더 먹어봐. 일부러 글루텐 없는 면으로 주문해서 만든 건데."

"모르겠어. 입맛이 변했나 봐."

어머니가 만든 비빔국수는 윤우가 제일 좋아하

는 음식이지만 영 내키지가 않아 엉거주춤 식탁에서 일어났다.

"소화력이 더 떨어졌나 보네."

어머니가 말했다. 공중부양을 시작한 이후로 윤우는 음식을 잘 못 먹었다. 많이 먹으면 몸이 무거워서 잘 떠오르지 않기 때문이었다. 그래서 윤우의 몸은 트리플 악셀을 뛰는 피겨스케이팅 선수처럼 가늘어졌다.

몸은 마르고 신경은 점점 날카로워졌다. 레슨을 받을 때보다 집에 있을 때가 더 문제였다. 방에서 연습하다 공중부양을 할 때면 어머니의 예고 없는 말을, 아니 암시를 피할 길이 없었다.

"국 끓여놨으니까 이따가 데워 먹어라."

이렇게 말하고 어머니가 집을 비운 사이 윤우는 기어코 뜨거운 것에 데여 화상 연고를 발랐다.

"우산 갖고 나가라."

이 말을 듣고도 우산을 깜박하고 학교에 갔을 때는 잃어버린 지 한참 된 우산이 섬뜩하게 윤우 앞에 나타났다. 공중부양을 하는 동안 어머니에게 들은 말은 거짓말처럼 형체를 갖추어 윤우에게 실현되었다.

이것은 생각보다 사람을 미치게 하는 일이었다. 가장 자주 들었던 말은 '밥 먹자'라는 말인데, 갑자기 이성을 잃고 배가 터질 때까지 밥을 쑤셔 넣을까 봐 무서워 몇 숟갈 뜨지도 못하고 숟가락을 내려놓기도 했다.

이런 일을 몇 번 겪은 뒤, 윤우는 어머니가 들어오지 못하도록 방문을 잠그는 게 습관이 됐다. 잘 잠겼는지 문고리를 돌려 확인하고 나면, 윤우는 그제야 바이올린을 제물처럼 들어 올리고 황홀하게 떠오를 준비를 했다. 누구도 자신을 방해하지 못하게 하고 싶었다. 하지만 레슨을 받을 땐 선생님을 나가라고 할 수도 없으니 그 암시를 피할 도리가 없었다.

윤우는 도저히 견딜 수 없어 다니던 신경정신과 의사 선생님에게 증상을 털어놓았다.

"제가 공중부양을 하는데요. 공중부양을 하는 중에 들은 말이 실제로 일어나기도 하고 심지어 사람이 죽기도 했어요. 혹시 공중부양과 관련이 있는 걸까요?"

윤우가 물었다. 웬만한 정신 질환 환자는 다 겪어

봤을 의사 선생님도 말문을 잃고 윤우를 뚫어지게 쳐다보았다.

이쯤 되면 공중부양을 기피하거나 바이올린을 그만두고 싶어야 정상일 수도 있겠다. 하지만 그런 생각은 들지 않았다. 공중부양으로 검은 공간에 가는 것은 결코 쉽게 뿌리칠 수 있는 유혹이 아니었기 때문이었다. 다른 사람이라도 마찬가지였을 것이다. 적어도 윤우의 생각엔 그랬다. 게다가 겉으로 보기엔 전혀 문제가 없었다. 대외적으로 윤우는 바이올린에 미쳐 있는 우등 전공생일 뿐이었다. 반주자 선생님이 돌아가시고 윤우를 섬뜩하게 쳐다보는 사람도 있었지만 대다수는 윤우가 받았을 충격을 더 헤아려주었다. 그리고 무엇보다 공중부양을 포기할 수 없는 가장 큰 이유는 윤우 자신의 성장 때문이었다. 공중부양을 하면 할수록 바이올린 실력은 하루가 다르게 향상되었다. 무서운 속도로 실력이 향상되는 것에 윤우는 중독되어 있었다. 그 무엇도 윤우의 폭주를 막을 일은 없어 보였다. 아니 딱 하나 있기는 했다.

연습을 하다가 잠시 쉬고 있는데 어머니가 방에

들어왔다. 어머니는 생각이 많은 표정이었다.

"윤우야, 바이올린 하는 거 힘들지 않아?"

"응."

"그렇구나. 윤우가 열심히 해서 엄마도 좋아."

어머니가 복잡한 미소를 지으며 말했다. 윤우는 어머니의 얼굴을 읽을 수 있었다. 아버지가 돌아가신 후 집안 사정이 어려워졌고 바이올린 전공에 드는 비용도 만만치 않았다. 회당 십만 원이 넘는 레슨비, 자동차 한 대 값과 맞먹는 악기, 명품 가방에 뒤지지 않는 바이올린 활, 악기를 수리하거나 활 털과 바이올린 줄을 교체할 때마다 드는 돈, 작은 무대라도 연주회 한 번 할 때마다 우습게 사라지는 반주비 수십만 원. 많은 돈이 든다는 것을 모르는 건 아니었다. 하지만 '그 무엇도 나의 모험을 가로막을 수는 없다'는 식의 생각이 이미 윤우의 머릿속을 지배하고 있었다. 윤우가 공중부양을 하는 고도는 점점 높아졌고, 검은 공간 속의 활동 영역도 더 넓어졌다. 끝없이 새로 만나는 끈들의 음악은 윤우의 바이올린 소리를 감정의 절정으로 데려다주었다. 그러니까 이것은 절대 멈춰서는 안 되는 것이었다. 실력 향상은 언제나 미덕이니까 말이다. 그리고 결국엔 경제적 보상도 가져다줄 테니까.

"엄마."

"응?"

"만약 혹시라도 바이올린을 그만두는 건 상상도 하기 싫어."

윤우는 점점 겁날 게 없었다. 국내 최고 권위의 금하음악콩쿨 무대조차 시시하게 느껴졌다.

"참가번호 312번, 지윤우입니다."

이름이 불리자 윤우는 천천히 무대로 걸어나갔다. 고개를 꼿꼿이 들고 머리를 여유 있게 쓸어 넘길 때부터 심사위원들은 윤우를 예사롭지 않게 보고 있었다. 오랜만에 탁 트인 곳에서 연주를 하려고 하니 기분이 짜릿했다. 연주를 시작하기 전 윤우는 눈을 감고 생각했다. 이곳은 너무 시시하다. 공중부양을 일부러 애써서 하려고 했는지는 기억이 나지 않는다. 붕 떠오르는 것엔 이골이 나서 이제는 부지불식간에 성공하는 수준이 되었다. 일단 공중부양에 성공하면 윤우의 연주는 어느새 듣는 사람을 탄복

시킨다.

*—바흐 바이올린 소나타 1번 사단조 BWV 1001
4악장 Presto—*

윤우의 바이올린 소리가 사방을 뚫었다. 심사위원
들과 안내자 모두 숨을 죽였다. 윤우는 안정적으로
검은 공간에 진입해 연습할 때처럼 휘몰아치는 롤러
코스터에 몸을 맡겼다. 마침내 연주는 절정을 향해
치달았다. 바이올린 소리도 더욱 격렬해졌다. 그때,
객석에서 누군가 다급히 소리쳤다.

"어머, 어떡해! 잠깐만요! 누가 여기 좀 와주세요!"

검은 공간이 사라지고 윤우는 순식간에 공중에
서 지면으로 돌아왔다. 정신을 차리고 소리가 난 곳
을 보았다. 심사위원 한 명이 팔다리를 축 늘어뜨리
고 쓰러져 있었다. 옆에 있던 다른 심사위원이 재빨
리 구급차를 불렀다. 윤우는 손에 힘이 풀려 활을 떨
어뜨리고 말았다.

"금하음악콩쿨 예선에 나가셨었죠? 그때 심사위

원 중 한 명이 사망했고요."

경찰이 말했다.

"사망하셨다고요?"

윤우가 되물었다.

"네, 유족이 요청해서 부검을 했는데 사인이 감전입니다."

"감전이요?"

윤우가 다시 되물었다.

"저희가 괜히 뭐 이상한 게 전혀 없는데 조사를 하는 건 아니고요. 지윤우 학생은 예전에도 이런 일이 있었다면서요?"

경찰이 윤우의 눈동자를 유심히 보면서 말했다. 마치 윤우의 반응에 하나라도 이상한 점이 있으면 곧바로 합리적 의심을 품겠다는 표정으로. 눈에 자꾸만 초점이 사라졌다. 어머니가 옆에서 윤우의 모습을 보다 못해 말했다.

"윤우야. 너 때문인 거 아니야. 이봐요 형사님, 저희는 무슨 말인지 모르겠고요. 조사를 할 거면 제대로 된 사실을 가지고 하셔야죠. 지금 어린애 불러놓고 뭐 하시는 겁니까."

"작년에 지윤우 학생과 단둘이 있던 피아노 반주자가 사망한 것에 대해서는 어떻게 생각하십니까?"

제대로 된 변명 한마디 하지 못하고 경찰서를 나왔지만, 윤우는 생각보다 독했다. 경찰서를 걸어 나오는데 마약에 취한 사람처럼 그저 공중부양 생각만 났다. 사람이 죽었는데도 그깟 공중부양을 하고 싶었다.

예술고등학교 입시 실기고사 날이었다. 당연히 합격하겠지만 반드시 그래야만 한다. 예술고 입학은 윤우가 공중부양을 합리적으로 지속할 수 있는 면허증이기 때문이다.

—파가니니 카프리스 24번 가단조—

윤우는 이 곡을 잘 표현하기 위해 어떻게 연주해야 하는지, 아니 어떻게 움직여야 하는지 이미 잘 알고 있었다. 연습할 때와 같이 검은 공간에 들어가 병정처럼 또각또각 걷고, 관절을 뚝뚝 끊어 잡는 팝핀 댄서를 흉내 내면 된다. 두 번째 주제에선 다르다. 그

34

는 접영을 하는 것처럼 굽이치는 진동을 만들어냈다. 끈들은 그것을 하나도 남김없이 이어받아 사방으로 퍼뜨렸다. 그 진동에 따라 바이올린 소리도 출렁거렸다. 그 출렁거림은 듣는 사람에게 닿아 전율을 일으켰다. 연주를 하며 윤우는 구슬프게 웃었다. 검은 공간은 그 어느 곳보다도 그를 황홀하게 만들어주었고 그만큼 그곳을 벗어날 수가 없었다. 템포가 점점 빨라졌다. 그의 손과 팔이 보이지 않았다. 윤우는 그 어떤 바이올리니스트보다 빠르고 미친 속도로 파가니니를 연주하며 곡을 가지고 놀았다. 숨이 거칠어졌다. 그때였다.

"그만!"

어떤 목소리가 귀를 찔렀다. 윤우는 연주를 멈췄다. 소리 지른 사람 옆에서 심사위원 한 명이 윤우처럼 거친 숨을 몰아쉬고 있었다. 또 한 번의 죽음이 발생할 뻔했음을 그 사람의 얼굴을 보고 알 수 있었다.

"지윤우 학생, 당장 그만하고 내려가세요!"

소리를 지른 사람이 매우 흥분된 목소리로 말했다.

사람들은 윤우에게 악마가 씌었다고 수군거렸다.

마지막까지 윤우를 편들던 사람들조차 점점 윤우를 멀리했다. 콩쿨 심사위원들은 윤우가 지원하면 심사를 보지 않겠다고 선언했고 아카데미 사람들도 윤우를 피했다. 그래도 레슨 선생님만큼은 윤우를 매몰차게 대하지 않았지만 집에서 좀 쉬라며 사실상 레슨을 거부했다. 모두가 윤우를 정신이상자나 범죄자로 취급을 했다. 화가 났다. 아니, 차라리 잘 된 일이었다. 아무도 없는 연습할 공간만 있으면 윤우는 얼마든지 아름답고 황홀해질 수 있었다. 그 누구도 검은 공간의 아름다움과 윤우의 황홀감을 이해하려 하지 않았다. 상관없다. 혼자만 알아도 충분하다. 윤우는 하루 종일 방에 틀어박혀 바이올린을 켰다. 너무 분한 마음에 성을 내듯이 현란한 손가락으로 바이올린을 때려 괴롭혔다. 듣기 안 좋은 지저분한 소리가 났다. 어머니가 듣다못해 방으로 들어왔다.

"윤우야, 이제 그만해! 그만하라고!"

어머니가 윤우의 어깨를 흔들며 고함을 질렀다. 스피커를 크게 틀어놓던 아버지에게 소리칠 때와 같은 목소리였다. 윤우는 놀라서 바이올린을 내렸다. 그리고 할 수 있는 가장 공손하고 바른 자세로, 어머니를 보았다.

"그만하자."

어머니가 떨리는 목소리로 말했다.

— 16세 천재 바이올리니스트를 둘러싼 연쇄 의문
사, 파가니니의 화신인가

— 바이올린 연주를 듣다가 사망했지만 뚜렷한 원인
이나 증거 없어

— '연쇄 사망' 바이올린 영재, 예술고 진학 포기

윤우와 어머니는 모든 연락을 끊고 이사했다.

"대전 할머니 집으로 가자."

할머니는 오래된 상가를 하나 갖고 있었다. 윤우
네는 그 건물 3층에 살기로 했다. 한동안 어머니와
서먹했지만 계절이 바뀌면서 차츰 나아졌다. 새로운
동네와 새로운 학교는 다시 시작하기 좋은 곳이었
다. 바이올린은 더 이상 하지 않았다. 공중부양도 하
지 않았다.

★

'공중부양을 다시 하기는 하겠지?'

이렇게 중얼거리는 것은 윤우의 몸속에 기거하는 어떤 영혼이었다.

'그래, 반드시 다시 하게 될 거야. 검은 공간을 한 번 경험하면 절대로 끊을 수 없으니까.'

영혼은 스스로 대답했다.

뻔뻔하게 지구로 숨어든 영혼이 하나 더 있었다. 뒤따라 검은 공간을 함께 탈출했던 인생 - 파동 변환 기계의 영혼이었다.

2

인생-파동 변환 기계의 영혼은 과학기술원 물리학과의 한 연구실로 떨어졌다. 아이를 간절히 바라는 부부에게 새 생명이 주어지는 것처럼, 그 연구실은 인생-파동 변환 기계가 축복받으며 태어나기에 안성맞춤인 곳이었다.

기계는 새로 태어나면서 인체파동측정기라는 새로운 이름을 얻었다. 인체파동측정기는 인체에서 방출되는 미세한 파동을 세계에서 가장 정밀한 수준으로 측정하는 기계였다. 장우섭 교수를 주축으로 다년간의 연구 성과를 축적해 마침내 발명된, 연구실의 보물 1호였다.

— 인체의 신비를 밝혀 줄 인체파동측정기, 과학기술
원 물리학과 장우섭 교수 연구팀 개발
— 파동의 시대 열렸다, 질병 치료 등 여러 분야에
활용 기대
— [단독] 인체파동측정기 개발한 장우섭 교수 연구
팀 인터뷰

언론은 혜성처럼 등장한 이 기계에 대해 왕성한
호기심을 표출했다. 어떤 게 건강에 좋다는 고만고
만한 과학 기사와는 차원이 다른 이슈였기 때문이
다. 단언컨대 인류를 한 단계 도약시킬 결과물이었
다. 일단 의학에 상당한 혁신을 가져올 것은 분명해
보였다. 머지않아 방사선 치료 없이 암을 고치거나
웬만한 불치병을 정복할 수 있을 것이라 했다. 인체
의 잘못된 파동을 교정함으로써 가능하다고 했다.
그 잘못된 파동을 초기에 미세한 수준에서 탐지할
수 있으니 아예 질병에 걸리는 것을 원천 차단하는
것도 이론적으로는 가능했다. 그밖에 좀 더 상상의

나래를 펼쳐보자면, 범죄자 프로파일링 작업에 거짓말 탐지기 대신 인체파동측정기를 활용할 수도 있고 소개팅 전에 MBTI 대신 파동의 공명으로 남녀의 케미를 예상해볼 수도 있을 것이었다. 한마디로 파동은 한 사람의 모든 것을 보여주는 데이터였다. 기자들은 이 획기적인 발명품이 인류의 미래를 앞당겨줄 것이라 믿고 다양한 시나리오를 그리며 기사들을 쏟아냈다.

★

지수는 연구실에서 유일하게 인체파동측정기의 등장이 그다지 달갑지 않은 사람이었다. 자신의 대학원 생활이 원점으로 돌아가는 최악의 상황이었기 때문이었다. 지수는 자신이 지금까지 해왔던 연구 주제를 버리고 인체파동측정기를 활용할 수 있는 새로운 주제를 찾아야만 했다. 이건 마치 수능 제2외국어로 프랑스어를 공부했는데 갑자기 스페인어로 바꾸라는 말과 같았다. 장우섭 교수는 인체파동측정기의 신봉자가 되었다. 기자들과 다른 사람들도 장우섭 교수를 신봉했다. 이러한 신봉 계층 구조를

유지하기 위해서는 연구실의 모든 학생들이 인체파동측정기의 개선 및 활용에 관한 연구에 투입되어야 했다. 이 기계와 전혀 관련이 없는 연구를 해왔던 지수도 예외는 아니었다.

지수는 무거운 발걸음으로 연구실에 출근했다. 오늘부터 완전히 다시 시작해야 한다. 일단 논문을 읽으며 인체파동측정기에 대해 천천히 공부해볼 작정이었다.

"하……."

한숨이 절로 나왔다. 지수를 제외한 다른 학생들은 성공한 연구를 더 성공시키느라 그 어느 때보다 분주했다. 주눅이 들었지만 개의치 않기로 했다. 지수는 벌써 4년째 함께 하고 있는 자신의 책상으로 갔다. 그런데 책상 위에 있던 모니터 한 대가 보이지 않았다.

'음?'

지수는 주변을 두리번거렸다. 혹시 내가 어디에 옮기고 깜박한 것은 아닌지 생각하며 연구실 곳곳을 둘러보았다. 각자의 모니터를 보고 있는 다른 학생들은 지수에게 눈길 한번 없이 자신의 일에 몰두

했다. 하나에 꽂히면 다른 건 절대 보지 못하는 게 모두 장우섭 교수님을 닮은 것 같았다. 그때 연구실 선배 준현이 들어왔다.

"아, 데이터 분석에 필요해서 네 모니터 좀 빌렸어. 괜찮아?"

준현이 물었다.

"네, 괜찮아요."

지수가 떨떠름하게 대답했다. 지수가 인체파동측정기와 관련된 새로운 연구 주제를 찾을 때까지 한가로이 시간을 보낼 것이라는 건 모두가 알고 있었다. 모니터도 여러 대를 볼 필요 없이 인터넷 검색용으로 하나만 있으면 족했다. 아니, 아무리 그래도 그렇지. 지수는 준현이 자신의 물건에 허락 없이 손을 댄 게 무척이나 못마땅했다. 지수는 아침부터 언짢아진 기분을 애써 눌렀다. 하지만 준현은 방을 나가면서 기어이 한마디를 더 덧붙였다.

"혹시 필요하면 말하고."

더 짜증 나는 것은 준현은 지수에게 결코 악의가 없다는 것이었다. 지수를 싫어해서가 아니라 맘대로 모니터를 빌려도 되는 쪽이 연구실에서 지수, 한 사람뿐이니까. 그것뿐이었다.

　점심시간이었다. 준현을 비롯한 연구실 학생들이 인체파동측정기의 시연 준비를 하고 있었다. 여러 기업 임원들이 실험실을 방문하는 날이었다. 고위경영자 학위 프로그램을 수강하는 기업 임원들은 으레 학기 중 한 번은 학교에서 자랑할 만한 실험 장비를 견학하는데, 그런 것이라면 인체파동측정기가 빠질 수 없었다. 겸사겸사 타 학과 교수들도 온다고 하니 장우섭 교수도 상당히 신경을 쓰는 듯했다. 학생들이 모두 시연 실험실에 가 있는 것 같아서 지수도 그리로 갔다. 실험실은 한 층 위에 있었다. 계단을 오르는데 준현이 보였다. 준현은 층계참에서 전화를 받고 있었다. 그대로 지나치려는데 준현이 전화를 끊더니 지수를 불렀다.

　"혹시 지금 괜찮으면 배달 음식 좀 픽업해줄래?"

　"아…… 지금?"

　"응, 기사님 오셨나 봐. 다들 시연 준비하고 있어서 픽업하러 나갈 수가 없네. 부탁할게."

　"알겠어."

지수는 올라가던 발걸음을 돌려 다시 내려갔다. 그러곤 뚱뚱한 비닐 봉투를 양손 가득 들고 돌아왔다. 조금 기다리니 시연 준비를 끝낸 학생들이 내려왔다. 그들은 밥을 먹을 때도 인체파동측정기를 더 막강한 기계로 만들기 위한 이야기를 했다. 눅눅한 양상추가 든 햄버거와 기름에 전 닭튀김을 쑤셔 넣으면서도 그들은 활기가 넘쳤다.

"지수, 이번 주 교수님 그룹 미팅 때 네가 발표할 차례지? 좀 진척이 있어?"

옆에 앉은 선배가 햄버거를 한 입 물으며 물었다.

"아직이요. 막막하네요."

"파동측정기 관련 논문은 좀 훑어봤어?"

"보긴 했는데 무슨 주제로 연구를 해야 할지 모르겠어요, 사실 할 만한 주제들은 이미 연구실 사람들이 다 하고 있고 저는 이제 맨땅에 헤딩하려는 후발주자이니까요."

지수는 박사 4년 차였다. 졸업 학기가 다가오지만 논문 실적은 아직 하나밖에 없었다. 그 한 개의 실적도 규모가 작은 학회에 냈던 것이어서 어디에 내놓을 만한 성과는 아니었다. 준현을 비롯한 연구실

고참 셋은 이미 여러 편의 논문을 이름 있는 국제 저널에 실었다. 지수보다 어린 후배들도 지수의 논문 실적을 한참 앞서나가고 있었다.

"교수님, 아무래도 저는 연구실을……."

지수는 장우섭 교수의 연구실 앞에 서서 차마 들어가지는 못하고 이렇게 중얼거리고 있었다. 자꾸만 끈적끈적해지는 손을 허리에 마구 비볐다.

'그런 정신으로 회사는 버틸 수 있겠니?'

장우섭 교수의 목소리가 머리통에 울렸다. 물론 교수님은 절대 이렇게 말할 사람이 아니었다. 학생이 잘하면 잘하는 거고 못하면 못하는 거지, 인생 상담하듯이 학생을 앉혀놓고 훈계를 하는 타입은 아니었다. 교수는 그저 지금 잘 되고 있는 것에만 관심이 있었다. 갑자기 문이 벌컥 열리더니 장우섭 교수가 문 앞에 서 있는 지수를 뚫어지게 쳐다보았다.

"시연하는 거 안 봐?"

장우섭 교수가 퉁명스럽게 말했다. 지수가 자신을 기다린 게 아니라 그냥 교수 연구실 앞을 지나가는 중이었다고 생각하는 듯했다. 지수도 얼떨결에 그 생각에 동화되어 교수를 따라 실험실로 올라갔다.

장우섭 교수는 오전 8시부터 학교에 나와 학생들을 괴롭히는 것으로 유명했다. 그 괴롭힘은 다른 게 아니라 학생들의 연구 진척 상황을 검사하는 것이었다. 연구 실적을 많이 내고 싶어 하는 학생들은 이런 엄격한 통제를 오히려 반기기도 했다. 학생들이 고성능 컴퓨터를 선호하는 것처럼 교수는 고성능 학생을 좋아했고 자연스레 고성능 학생이 육성되었다. 어떻게 보면 인체파동측정기도 이러한 성과주의가 낳은 결실이었다. 그런 교수에게 지수는 소위 '아웃 오브 안중'일 것이다.

실험실에는 벌써 많은 사람들이 와 있었다. 북적거리는 사람들의 시선이 집중된 곳에 준현이 있었다. 준현은 기계실 안에 있는 인체파동측정기에 대해 간략히 설명하고 측정 방법을 시연해 보였다. 거꾸로 된 U자형 문처럼 생긴 장치 아래에 서 있으면 인체 파동이 측정되고, 측정된 데이터는 기계실 바깥에 있는 모니터에 표시되었다. 시연이 끝나자 나이가 지긋한 기업 임원이 질문했다.

"혹시 파동을 보면 새로운 차원을 발견할 수 있을까요? 왜 그런 얘기 있잖아요. 우주는 시공간보다 더 많은 차원으로 이루어져 있다는 거요."

그 임원은 질문을 하고 나서 소싯적에 천문학자를 꿈꿨다는 말도 웃으며 덧붙였다. 장우섭 교수도 같이 웃으며 적당히 대답했다. 질의응답이 끝나자 교수는 이제 시연을 마무리해도 되겠다고 준현에게 눈짓했다.

집에 오니 저녁 8시였다. 차려 먹기가 귀찮아서 지수는 냉동 볶음밥을 뜯었다. 어차피 차려 먹으나 데워 먹으나 맛으로 먹는 건 아니었다. 꾸준히 밥을 해먹어도 요리 실력은 늘지를 않았다. 지수는 내일 그룹 미팅 때 발표할 내용을 고민하고 있었다. 하지만 인체파동측정기로 연구할 만한 주제는 쉽게 떠오르지 않았다. 그래서 한번 미친 척하고 우주 최강 돌아이가 되기로 했다.

"파동으로 마음을 읽을 수 있는지 실험해보면 어떨까요?"

다음 날 아침, 지수가 평소 목소리와 달리 당차게

말했다. 말이 끝나기가 무섭게 견딜 수 없는 정적이 흘렀다. 장우섭 교수가 있는 엄숙한 자리에서 도저히 나올 수 없는 발언이기 때문이었다. 학생들은 교수를 흘깃 보았고, 교수는 입술을 굳게 다물었다. 무슨 생각으로 내뱉은 말인지 모르겠다. 관심을 끌고 싶었던 걸까. 사실 아예 말도 안 되는 얘기는 아니었다. 정신과 의사든 철학자든 인지신경과학자든 누군가는 이런 생각을 하고 있을 수도 있었다. 며칠 후 장우섭 교수는 지수를 방으로 불렀다. 교수의 관심 끌기에 성공한 건지, 지수가 처한 상황의 심각성을 드디어 인지한 건지. 어느 쪽인지는 잘 모르겠다. 지수는 조심스럽게 노크를 하고 들어갔다.

"어, 들어와."

교수님은 잠깐 뜸을 들이더니 지수 앞에 앉았다.

"내가 누구를 소개받았는데 말이야. 한국대 음악대학에 있는 김현태 교수라고. 그분이 인체파동측정기에 관심이 있다고 하네. 우리 연구실이랑 같이 공동 연구를 하고 싶어 하는 것 같아."

"음대에서요?"

"어, 자세한 건 만나서 얘기해줄 것 같은데 내가

다음 주부터 일정이 꽉 차 있어. 혼자 가서 한번 만나보고 올래?"

음악학과와 대체 무슨 앞일을 도모할 수 있단 말인가. 장우섭 교수의 지시는 지난주 자신의 돌아이 발언보다 더 생뚱맞은 것이었다. 교수의 속내는 어렵지 않게 짐작이 갔다. 준현과 다른 학생이 얘기하는 것을 들었기 때문이었다.

"교수님 사모님의 지인이라는데?"

"아, 그래서 한국대구나."

그러니까 웬만하면 들어주어야 하는 부탁이었고, 그렇지만 철저히 실리를 좇는 장우섭 교수가 흥미를 느낄 만한 만남은 아니고, 마침 연구실 학생 모두가 인체파동측정기 논문 발표를 위한 학회 준비로 바쁘고, 자신은 상대적으로 덜 바쁘고. 내가 마음의 과학에 관심이 있기라도 해서 만나보라고 하신 거라면.

'난 정말 최악이다.'

✳

"안녕하세요, 교수님."

한국대 김현태 교수의 연구실은 대낮인데도 햇빛

이 잘 들지 않았다. 글자를 읽기에도 어두울 정도였지만 전등을 켜지 않고 있었다. 책장 옆엔 조금 오래돼 보이는 업라이트 피아노가 있었다.

"어서 오세요. 여기로 앉으세요."

김현태 교수는 이목구비가 화려한 얼굴이었지만 어딘가 성난 인상을 풍겼다. 지수는 그의 표정이 조금 풀어지길 기대하며 앉았다.

"제가 감정에 관한 연구를 좀 해보고 싶습니다. 인체의 파동에 감정이 지문처럼 묻어 있을 것 같아서요."

김현태 교수는 바로 본론으로 들어가는 스타일이었다. 장우섭 교수와는 어떤 사이인지로 운을 떼려나 했지만 이 사람은 느긋한 대화와는 거리가 멀어 보였다.

"연구비는 저희 쪽에서 전부 지원할 수 있을 겁니다. 제가 예술학부 학장을 맡고 있는데 연구 과제를 몇 개 운영하고 있어서요. 그중에서 자유 과제는 제가 단독으로 연구 주제를 정할 수가 있습니다."

그러면서 미국 유학 시절에 물리학 서적을 탐독했다는 얘기를 해주었다.

"사람의 마음을 건드리는 음악도 파동이잖아요. 음악의 파동이 인체의 파동과 서로 공명하면서 감정이 증폭된다고 볼 수도 있고요. 인체파동측정기를 이용하면 꽤 흥미로운 연구가 되지 않을까 싶은데요."

김현태 교수의 말은 참 시적이었다. 과학적으로는 말이 안 되지만 문학적으로는 그럴듯했다. 지수가 지난번에 돌발적으로 던졌던 우주 최강 돌아이 발언처럼 말이다. 하지만 시적인 말만으로는 연구를 할 수 없다. 아니, 철학 연구는 할 수도 있겠다. 지수는 어떤 대답을 할지 고민하고 있었다. 물리학과에서, 그것도 절대로 한눈팔지 않는 장우섭 교수의 연구실에서 터무니없이 감정을 연구한다? 말도 안 되는 일이었다. 하지만 지수는 묘하게 김현태 교수의 말에 이끌리고 있었다. 세계 최고 성능의 인체파동측정기와 감정을 연구하는 음악대학 교수는 그야말로 인간의 감정에 관한 비밀을 풀기 위한 완벽한 조합이었다. 김현태 교수를 그래도 만나보라고 한 걸 보면 장우섭 교수도 공동 연구를 할 의향이 없지는 않아 보였다. 설령 아니더라도 지수에겐 새로운 연구 주제와 떳떳한 월급이 생기는 기회였다. 하지만 하나 걸리는 게 있었다.

"특정 감정에 몰입해 파동 측정을 하는 것이 쉽지 않겠는데요. 아무래도 연기자들을 모집해서 실험해야겠죠?"

김현태 교수는 고개를 저었다. 그리고 마치 기다렸다는 듯 이름 하나를 알려주었다.

"지윤우."

"네?"

"제가 알고 있는 아이가 있습니다."

★

인체파동측정기는 꾸준히 그 위용을 자랑하고 있었다. 학생들은 번갈아 실험실을 방문하며 밤낮으로 기계 작동 상태를 점검했다. 지수도 측정기 관련 논문을 읽고 테스트 가동을 해보며 차츰 기계에 익숙해졌다. 과연 파동이 감정에 대해 얼마나 많은 것을 알려줄지는 몰라도 새롭게 기대를 걸어볼 만한 일이 생겼다는 것이 좋았다. 김현태 교수와 진행할 공동 연구의 정확한 주제는 '연주자와 청중의 감정

교류'를 측정하는 것이었다. 인체파동측정기로 생뚱맞게 음악 감상을 연구하는 게 말이나 되는가 싶었지만 그래도 괜찮았다. 지수는 연구실에서 자신의 위치를 찾고 싶었다. 그리고 무엇보다 자신에게 관심이 없는 지도교수의 그늘에서 한 발짝 벗어나고 싶었다. 공동 연구를 하게 되면 어찌 됐든 연구 얘기를 나눌 교수가 한 명 더 생기니까 말이다. 하지만 김현태 교수는 한 가지 이상한 점이 있었다. 지윤우라는 아이를 이상할 정도로 신뢰했다. 김현태 교수는 파동을 측정할 피실험자가 다른 사람이 아닌 반드시 지윤우여야 한다고 말했다. 하지만 그건 둘째 치고, 각 감정에 대한 파동을 측정하는 게 어떻게 가능한지 이해가 되지 않았다.

"감정에 따라 파동이 달라지는 것을 보려면, 특정 감정에 정확하게 몰입할 수 있는 피실험자가 필요합니다. 하지만 사실 인간이라면 그게 불가능하잖아요."

지수는 연구에 가장 걸림돌이 되는 지점을 지적했다. 그러자 김현태 교수가 말했다.

"그런가요? 제가 얘기했던 지윤우라는 아이는 가능할 것이라 생각합니다."

그리고 교수는 자신이 들었던 윤우의 연주에 대해 얘기해주었다.

— 바흐 바이올린 소나타 1번 사단조 BWV 1001 4악장 Presto —

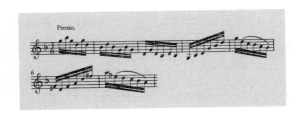

"감정 표현이 쉽지 않은 곡이에요. 초보자가 연주하면 똑같은 박자로 활 긋기 연습을 하는 것처럼 들리지요. 피아노로 치면 하농 연습곡이에요. 전공자가 연주하더라도 드라마틱하게 연주하기가 쉽지 않아요. 일단 템포가 너무 빠르거든요. 대부분은 다음에 올 음을 손가락으로 빨리빨리 짚는 데에만 급급하죠. 윤우는 달랐습니다. 아주 빠른 곡에서도 감정이 살아 있어요. 이 아이의 연주는 그냥 차원이 달라요. 들어보면 압니다."

김현태 교수가 말했다. 그 말을 들으면서도 지수
는 아직 긴가민가했다.

　"대체 그 애의 연주가 어떻게 다른가요?"

　지수가 물었다.

　"설명하기 어려운데, 말하자면 이런 느낌이에요.
처음 일곱 마디만 들어도 어느새 영화관에 들어와
있는 듯한 느낌이랄까요. '솔시솔레솔레' 하면 극장
이 암전돼요. 그다음 '시레시솔시솔' 하면 광고가 시
작되고, 그다음 '레솔레시레시' 하면 관람 주의사항
이 나오고, 그다음 '솔시레솔시레' 하면 다시 화면이
어두워지면서, 그다음 '솔레도시라솔' 하면 영화의
공간적 배경이 펼쳐져요. 그다음 '파레파라레파' 하
면 그중 한 공간이 클로즈업되면서 이야기가 시작되
고요. 그다음 '라미레도시라' 하면서 영화 제목이 스
크린에 뜨는 거죠."

　김현태 교수는 정말로 진지하게 말했다. 듣고 있
던 지수가 웃음기를 살짝 흘리고 말았지만, 꿋꿋하
게 묘사하는 모습에서 그의 거룩한 팬심이 보였다.

　"글쎄요. 들어보기 전에는 어떤 느낌인지 잘 모르
겠네요."

"제가 너무 오버를 한 것 같네요. 하지만 그만큼 듣는 사람의 감정을 몰고 가는 힘이 있다는 거죠. 윤우의 연주를 듣고 나오는 사람들한테 그림을 그리게 하면 모두가 똑같은 그림을 그린다는 말까지 있었어요."

"그런데 그런 애가 바이올린을 관뒀다고요?"

"집안 사정이 어려웠고, 무엇보다 사건이 좀 있었어요."

금하음악콩쿨 바이올린 예선이 있던 한국대 음악대학 리사이틀홀, 그곳에 김현태 교수가 있었다. 마침 그가 근무하는 대학 건물이 콩쿨 장소라는 소식을 듣고 와본 것이었다. 홀 안에선 지원자들의 연주가 차례로 이어지고 있었다. 그는 조명이 닿지 않는 구석에 조용히 자리를 잡았다. 사골국의 굳은 기름처럼 묵직한 공기가 느껴졌다. 무대 위의 바이올린과 피아노 연주만이 굳은 공기를 헤집고 있었다. 김현태 교수는 연주자들을 둘러보았다.

그의 아내는 프리랜서 피아노 반주자였다. 살아 있었다면 바이올린 연주자와 함께 저 피아노 의자에 앉아 있을 것이었다. 그는 마음이 복잡해질 걸 알면서도 이곳에 온 것을 후회했다. 특히 윤우가 무대로 올라왔을 땐 더욱 그랬다. 그는 윤우를 잘 알고 있었다. 매일 밤 잠들기 전에 아내는 윤우에 대해 얘기하곤 했다. 음악을 사랑하는 걸 제일 잘했던 순수한 아내였다. 아내는 거의 윤우의 전담 반주자처럼 아이가가 반주를 부탁하는 곳이면 어디든 달려갔다. 윤우의 연주는 침대에 누워서도 계속 잊히지 않는다고 아내는 말했었다.

김현태 교수는 아내의 말을 십분 이해했다. 윤우의 연주는 솜털같이 가볍고, 그러다가 아령처럼 무겁고, 그 사이를 진동추처럼 부드럽게 왔다 갔다 했다. 그것은 김현태 교수도 인정하는 바였다. 마침 윤우가 순서가 되어 무대로 걸어 나왔다. 김현태 교수는 연주를 차마 볼 수 없어 자리를 떴다.

"그러고 나서 몇 시간 뒤에 비보를 들었는데 그때부턴 조금 이상하다 싶더군요."

콩쿨의 심사위원으로 들어갔던 동료 교수가 사망한 채로 발견되었다는 것이었다.

"왜 하필 윤우와 함께 있었을 때 죽은 건지. 제

아내도, 동료 교수도요."

김현태 교수가 가라앉은 목소리로 말을 이었다.

"그 아이 때문이 아니라는 걸 분명 머리로는 알아요. 알지만……."

교수는 말끝을 흐렸다. 그러곤 떨리는 숨을 내쉬었다. 잠깐 동안 그는 그렇게 있었다. 그러다 괜한 말을 했나 싶은지 손으로 얼굴을 쓸었다. 얼굴이 수척해 보였다.

"그런 일이 있었군요."

지수는 교수가 잘 이해되지 않았다. 자기 아내의 죽음과 관련된 사람을 연구에 끌어들이는 것이. 그것은 김현태 교수의 질긴 믿음 때문이었다.

"아내는 참 순수한 사람이었어요. 놀라기도 잘 놀라고 작은 것에도 크게 고마워하고. 여러모로 저에게 풍부하고 과분한 사람이었어요. 저처럼 일상에 별 감흥이 없는 사람과는 전혀 다른 종류의 사람이었죠.

그래서 윤우라는 아이가 궁금해졌어요. 저는 감정이라는 것이 파동이라 생각하는데, 지윤우의 감정이 제 아내를 죽음에 이르게 할 정도로 많이 흔들

었다고 생각하는 거죠. 아내가 왜 죽었는지를 알아
야겠어요. 제 아내는 그렇게 갑자기 갈 사람이 아니
었거든요."

　김현태 교수는 잃어버린 아내만큼 지윤우를 잊
지 못하면서, 문학적으로 아내의 죽음을 설명하고
있었다.

3

윤우는 프랑스어 시간을 가장 좋아했다. 알파벳을 영어가 아닌 다른 방법으로 소리 내어 읽는 게 재밌었다. 반대로 음악 시간을 가장 싫어했다. 악보를 자신이 알던 것과 완전히 다른 방법으로 소리 내야 했기 때문이었다. 조율 안 된 피아노와 재미없는 노랫가락이 그랬다. 윤우가 보기에 가창 시험은 그저 음정을 정확한 위치에만 골인시키도록 성대를 조준하는 테스트에 불과했다. 다시 말해 성대 근육을 사용하는 체육 시간에 가까웠다. 바이올린은 더 이상 하지 않았다. 예전처럼 공중에 붕 떠오르고 싶은 마음도 많이 사그라진 상태였다. 윤우는 지난 일들이 모두 자신의 공중부양 때문에 벌어졌다고 생각했다. 말이 현실이 됐던 것도, 사람이 죽었던 것도, 집안 사정이 어려워진 것도, 그래서 도망치듯 다른 지역에 이사를 온 것도 모두 망할 공중부양 때문이었다. 정말 우연히 꼬리뼈를 내리꽂고, 반주자 선생님이 하필 그때 심장마비가 온 것일 수도 있지만, 윤우는 이것을 자신에게 향한 어떤 메시지로 받아들였다. 신이 실수로 공중부양 능력을 주었다가 제풀에 지쳐 초능력을 스스로 포기하도록 벌인 짓일 수도. 동화책에 나왔던 마법사들이 저주를 쉽게 걸어도 푸는 건 마음대로 할 수 없는 것처럼 말이다.

윤우가 지수와 마주친 것은 학교 운동장 옆 계단에서였다. 무작정 윤우를 만나볼 작정으로 학교에 찾아온 지수는 계단을 내려오는 사람이 윤우라는 것을 바로 알 수 있었다. 지수는 김현태 교수로부터 윤우의 전화번호와 학교를 알고 있었고 손에 윤우의 사진을 쥐고 있었다. 물론 이렇게 직접 찾아오기 전에 먼저 윤우에게 전화를 걸어 실험에 참여해달라는 부탁을 했다. 하지만 윤우는 거절했고 일부러 전화를 받지 않기도 했다. 지수도 자신이 왜 이렇게까지 이 아이를 집요하게 설득해야 하는지 알 수 없었으나 연구과제 책임교수의 기대를 금방 꺾고 싶지는 않았다. 계단을 내려오던 윤우도 아래에 서 있는 여자가 자신에게 끈질기게 연락해왔던 사람이라는 것을 눈치챈 것 같았다. 윤우는 그대로 지나치려 했다.

"지윤우 학생."

지수는 확인차 이름을 불렀다,

"맞죠? 지윤우."

"안 한다고 말씀드렸을 텐데요."

윤우가 말했다. 지수는 윤우의 걸음이 더 빨라지기 전에 윤우의 팔을 잡았다.

"힉생한테 득이면 득이 됐지 해가 될 건 없어요. 실험참가비는 충분히 큰 금액이고, 실험일정은 학교생활에 지장이 가지 않는 정도로만 잡을게요. 나중에 대학에 지원할 때가 되면 오히려 저에게 고마워할걸요?"

"그렇게 간단한 문제가 아니에요."

윤우가 지수의 손을 뿌리쳤다. 윤우의 손톱에 할

퀴어 지수의 팔에 벌건 금이 그어졌다.

"뭐가 간단하지 않은데요?"

따지듯이 물었지만 지수는 알고 있었다. 바로 덧붙여 김현태 교수에 관한 얘기를 할 뻔했으나 가까스로 참았다. 윤우는 쉴 틈을 주지 않고 물음표를 던지는 지수의 화법에 약간의 피로함을 느꼈다. 음악으로 치면 같은 선율이 지나치게 여러 번 반복되고 있었다. 마침 점심시간이 끝났음을 알리는 학교 종소리가 반복을 허물어주어 반가울 정도였다. 윤우는 대답 대신 가볍게 목례를 하고 교실로 올라가려 했다. 지수는 마지막으로 윤우를 멈춰 세웠다.

"인체파동측정기는 지윤우 학생 같은 사람을 필요로 해요. 이 기계는 인간의 모든 것을 측정할 수 있어요. 신체 상태, 생각, 성격 그리고 감정까지도. 그래서 지윤우 학생이 필요해요. 내면의 가장 깊은 곳에서 감정을 들을 수 있는 사람이니까, 인체파동측정기가 그것을 끄집어내줄 수도 있으니까요."

윤우는 며칠간 지수가 했던 마지막 말에 대해 생각했다. 그리고 눈길 한번 주지 않던 바이올린을 쳐다보았다.

윤우는 결국 악기를 들고 집을 나섰다. 지수는 윤우가 마음을 돌리자 매우 기뻐했다. 실험참여자로서 윤우가 할 일은 최대한 감정을 담아 바이올린을 연주하는 것이라고 했다.

"들려줄 수 있어요?"

지수는 윤우가 가져온 악기 케이스를 가리키며 말했다. 윤우는 지수를 따라 실험실로 들어갔다. 기계실 안에 거대하게 들어차 있는 인체측정파동기가 눈에 들어왔다. 그것만 빼면 예전에 아카데미에 있던 연습실과 흡사하게 사방이 막힌 방이었다.

"연구실 사람들이 아직 퇴근을 안 해서. 여긴 방음이 되어 있거든요."

지수는 이런 조그만 골방에서 연주를 들려달라고 하는 게 내심 미안했다.

윤우는 악기 케이스를 어루만졌다. 손톱과 맞닿은 살에서 볼록 튀어나온 살까지 손가락의 면적을 넓게 사용해 케이스 표면의 질감을 느꼈다. 그리고 차가운 금속 자물쇠에 손이 닿았을 때, 윤우는 판도라의 상자를 두고 잠시 머뭇거렸다. 조심스럽게 악기를 꺼냈다. 바이올린을 손에서 놓은 지 한참 만에 켜보는 것이었다. 무얼 연주할지 잠시 고민하더니 활을 들었다.

'그럴 때 있잖아요. 머리보다 다리가 먼저 나아가고 있을 때. 여기에 오는 동안이 그랬어요. 제 내면의 감정을 인체파동측정기가 끄집어내줄 거라는 말, 그 한마디 때문에 여기에 왔어요. 그 한마디 때문에 저는 또다시 악기를 꺼낸 거예요. 뭘 어쩌고 싶은 건지는 잘 모르겠어요. 지난 일들과 진정으로 화해하고 싶었던 건지, 그냥 회피하고 잊고 싶었던 건지. 어느 쪽이든 기대해볼 수 있을지. 너무 큰 바람일 수도 있겠죠. 실험실에 와서 바이올린을 좀 켠다고 거창한 일이 일어날 리 있겠어요. 실험참가자를 모집하는 숱한 전단처럼 연구를 위한 연구와 잠시 인연을 맺었다가 끝난다고 보는 게 맞겠죠. 하지만 저는 다를 거라 생각했어요. 충분히 이렇게 생각할 수 있죠. 누구나 자기 자신이 세상의 주인공이라 생각하잖아요. 내가 하면 다를 거라는 생각이요. 제 바이올린 연주가 그렇다고 생각했어요. 제가 음을 내리꽂으면 내리꽂힌 음의 무게가 다른 사람에게 느껴지고, 제가 음을 꼬물거리며 흔들면 꼬물거리는 음의 진동이 다른 사람에게 느껴질 것 같았어요. 그건 오직 저 혼자만 알고 있는 기술이고, 제가 다른 사람과 구별되는 이유예요. 하지만 이것이 모든 불행의 시작이었다는 걸 생각하면. 제가 이 능력을 어떻게 대해야 할지, 이 능력의 정체는 대체 무엇인지 끝없는 질문을 하게 돼요.'

　바이올린은 긴 얘기를 하고 있었다. 윤우는 무심하지만 세심하게 손가락을 움직이며 악기를 다루고 있었다. 평서문일 땐 선율이 내려갔고, 의문문일 땐 선율이 올라갔다. 그리고 그 상승과 하강의 기울기 사이에서 선율의 색깔과 테두리가 문장의 메시지를 그려내고 있었다. 지수가 이것을 해독할 수 있었는지는 모른다. 하지만 꽤 오래 눈을 깜박이지 못하는 것으로 보아, 채색까지는 아니더라도 스케치 정도의 무언가를 보고 있는 것 같았다. 중요한 것은, 윤우와 처음 인사하고 연주를 듣기 전까지 나눴던 대화의 내용보다 단 3분여간의 연주로 윤우를 더 많이 알게 된 것 같은 느낌이 들었다는 것이다. 단지 눈앞에서 바이올린 연주를 감상한다는 낯선 경험 때문에

그런 것만은 아니었다. 김현태 교수의 말처럼 윤우의 연주는 특별했다.

지수는 버스정류장까지 윤우를 바래다주었다. 윤우는 영 발걸음이 떨어지지 않았다. 최대한 감정을 실어 연주하는 것이 실험에서의 자신의 역할이라 했다. 그것은 공중부양을 해야 함을 의미했고, 예전의 악몽이 되풀이될 수도 있었다. 윤우는 버스를 타려다가 그냥 보냈다.

"아무래도 안 되겠어요."

윤우가 말했다. 무거운 말투와 어울리지 않게 눈동자가 어스름한 저녁 빛을 받아 빛나고 있었다.

"사실 트라우마가 있어요."

"어떤 건지 얘기해줄 수 있어?"

윤우는 잠자코 있었다. 감정을 가지면 공중부양을 하게 되고 자신과 다른 사람에게 해를 끼친다는 것. 이것은 웬만한 고문보다 훨씬 창의적이고 고통스러운 고문이었다. 물론 바이올린을 켤 때만 나타나는 현상이었지만 파블로프의 실험처럼 감정을 갖는 것 자체에 대한 공포를 느끼기에 충분했다. 가장 미치는 것은 지금 이 순간에도 자신이 감정을 가졌는

지조차 확실치 않다는 것이었다. 감정을 가진 상태란 무엇인지, 감정을 갖기 전후의 상태는 어떻게 다른지, 도저히 알아낼 수 없었다. 마치 도살장 컨베이어 벨트에 누워 눈이 가려진 채로 이동하는데, 살아남을 수 있는 분명한 규칙이 존재하지만 도살장의 규칙을 알 도리가 없는 상황과 비슷했다.

"뭐가 됐든 너에겐 아무 잘못이 없어."

지수가 말했다. 윤우는 고개를 들어 지수를 보았다.

실험 첫날이었다. 윤우는 악기를 들고 와주었다. 고등학교와 대학교를 건너뛰고 대학원 연구실에서 제 역할을 하려니 긴장한 모습이었다. 윤우는 지수에게 처음 연주를 들려주었던 실험실에서 바닥에 표시된 위치에 발을 맞춰 섰다. 몸의 앞뒤로 자신을 스캔할 기계, 인체파동측정기가 우람하게 서 있었다. 지수는 측정기와 실험실 내부를 점검하고 말했다.

"내가 말하는 감정에 최대한 몰입해서 연주하면 돼. 준비됐니?"

윤우는 천천히 고개를 끄덕였다. 오랜만에 공중부양을 시도하는 것이라 여러 생각이 들었다. 정말 시도를 해도 될지, 시도하면 성공할 수 있을지, 성공하면 예전처럼 정신이 반쯤 미치게 되는 건 아닐지 따위 생각이었다. 검은 공간에 진입했을 때 혹시라도 누가 말을 시킨다면 또다시 그 말이 끈질기게 따라붙어 내 앞에 나타날지도 모르는 일이었다. 아무리 보석이 나타난다 해도 예고 없이 마법을 '당하는' 일은 그리 유쾌하지만은 않다. 그럼에도 윤우는 다시 바이올린을 들었다.

"첫 번째는 사랑스러움이야."

지수는 실험실의 작은 창 너머로 윤우에게 사인을 보냈다. 윤우는 눈을 감았다.

— 크라이슬러, 아름다운 로즈마린, *Op.55*—

'같이 걸을까. 아니, 같이 걸어볼래? 함께 서 있기만 해도 좋을 것 같거든.'

'난 주저앉아 있으니, 그것도 한참을 이렇게 있었으니, 네 손을 빌려 일어나볼게.'

일부러 사랑스러움을 표현하려니 어색했다. 아직은 아름다운 로즈메리의 주위를 수줍게 맴돌고 있었다. 윤우는 그 상태로 첫 소절을 마무리했다. 원을 그리는 궤적을 좁혀 원의 중앙에 다가가야 했다. 하지만 그러기엔 몸이 무거웠다. 발바닥에 닿는 지면이 자신을 놓아주지 않았다. 공중부양을 할 수 있음을 처음 깨달았던 때, 위로 떠오르기 직전의 바로 그 느낌이었다. 다시 떠오르려는 욕구가 생긴 것은 자연스러운 수순이었고, 윤우는 출렁거리는 선율이 만들어내는 파도에 올라타려고 안간힘을 썼다.

윤우가 아주 어렸을 때, 아버지는 윤우가 좋아하던 인형을 높이 들어 올리곤 했다. 윤우는 인형을 잡기 위해 고개를 뒤로 꺾고 까치발을 들었다. 바로 그때처럼 윤우는 발돋움을 할 준비를 하고 지면을 힘껏 밀었다. 그리고 두 번째 소절을 시작할 때 윤우는 검은 공간으로 빨려 들어갔다.

'어떻게 하는지 잊어버린 줄 알았는데.'

윤우는 손톱만 한 정육면체로 축소된 실험실과 그곳에 서 있는 자기 자신을 바라보고 있었다. 어느새 세상이 꽉 들어차 있는 입체도형에서 문을 열고 나와 바깥에서 그 입체도형을 바라보고 있었다. 유체 이탈을 넘어 유세(世) 이탈이었다. 윤우는 눈을 감고 오랜만에 마주한 검은 공간의 공기와 촉감을 음미했다. 이곳은 차갑지도 뜨겁지도 않다. 이곳에 들어오면 한여름에도 산뜻하게 땀이 마르고 겨울엔 수면양말을 신고 있었다는 걸 잊을 정도로 포근했다. 그리고 숨 쉬고 있다는 사실을 깜박할 만큼 호흡이 편안했다. 마치 피부 전체가 아가미가 되어 숨을 쉬고 있는 것 같았다. 그런데 갑자기 무슨 소리가 들렸다. 아버지의 목소리였다. 아버지임은 분명했지만 기억 속에 남아있는 것보다 젊은 목소리였다. 아버지가 대학 시절 레코드 가게에서 LP판 음악을 듣다가 우연히 가게에 들어온 어머니에게 반해 말을 걸었던 음성이었다. LP판 소리와 아버지의 음성이 지하에서 듣는 라디오처럼 지지직거리며 들렸다. 검은 공간에서는 처음 듣는 소리였다.

4

지수는 감정을 묘사하고 윤우는 바이올린을 연주했다. 인체파동측정기는 윤우의 파동을 기록했다. 그렇게 한 달이 지났다. 지수는 파동 측정 결과의 1차 분석을 하는 중이었다. 분석 프로그램을 보던 지수의 표정이 굳어졌다. 지수는 반사적으로 혼잣말을 중얼거리며 결과를 잘못 확인한 것은 아닌지 몇 번씩 코드를 돌려보았다.

"교수님!"

지수가 장우섭 교수의 방에 들어서며 말했다.

"왜 그렇게 흥분했어?"

"교수님, 공동 연구하면서 소개받은 그 아이 말이에요."

지수는 장우섭 교수에게 코드를 보여주었다.

"지윤우 군에게 감정 지시어를 주고 파동 데이터를 측정한 결과입니다. 그런데 결과가…."

지수는 말을 잇기 전에 잠깐 숨을 골랐다. 그동안의 상식으로는 관찰될 수 없는 결과였다.

"같은 감정 지시어를 주었을 때 파동의 특정 주파수 성분들의 계수가 전부 일치합니다. 제가 '사랑스러움'이라는 감정 지시어를 한 달 전, 보름 전, 일주일 전에 똑같이 제시했는데 이 대역의 주파수 성분 값들이 모두 동일해요. 정상적인 사람이라면 서로 다른 시간에 측정된 파동이 절대로 일치할 수 없습니다. 한마디로…."

장우섭 교수가 지수를 물끄러미 쳐다보았다.

"지윤우 군이 감정을 완전히 통제할 수 있는 능력을 가지고 있다는 뜻입니다. 즉, 언제 어디서든 정확히 특정 감정에 도달할 수 있다는 겁니다. 연기자와는 비교도 안 되게 정확한 수준으로요."

장우섭 교수는 의자를 천천히 당겼다. 분석 화면

을 유심히 들여다보며 지수의 결론에 도달하지 않을 수 없음을 확인하자, 수수께끼 같은 현상을 즐기는 장우섭 교수의 본능이 표출되기 시작했다.

"음, 그래, 지금까지 우리 기계로 파동을 측정했던 사람들의 데이터는 측정할 때마다 주파수 성분이 모두 달랐어. 네 말대로 같은 사람이라도 측정 시간이 달라지면 절대 같은 파동이 관측될 수 없지."

장우섭 교수는 인체파동측정기 논문을 처음 접했을 때처럼 갑자기 지수의 공동 연구에 부쩍 관심을 보였다. 한국대 교수인 아내에게 지윤우라는 아이를 아느냐고 물어보았다. 아내는 물리학과 교수인 남편의 입에서 지윤우라는 이름이 튀어나온 게 너무나 뜻밖이었다. 자신이 소개해준 김현태 교수가 그런 아이를 끌어들일 줄 몰랐다며 펄쩍 뛰었다. 장우섭 교수의 아내는 한 학술 세미나에서 김현태 교수를 처음 만났고, 한창 뉴스에 오르내리던 인체파동측정기 얘기를 하다가 김현태 교수의 부탁을 받고 남편을 소개해준 것뿐이었다. 장우섭 교수는 지윤우가 연쇄 사망 미제 사건의 중심에 있던 아이였다는 얘기를 듣고 그런 아이가 자신의 연구와 엮였다는 사실에 매우 분노했다. 행여 인체파동측정기로 쌓은 자신의 명성에 흠집이 날까 봐 지수에게 공동 연구를 당장 그만두라고 윽박질렀다.

장우섭 교수는 아내로부터 받은 기사 링크를 지수에게 보냈다. 지수는 망설이며 링크를 열었다. 기사에서는 A씨로 지칭되고 있었지만 그것이 윤우라는 걸 바로 알 수 있었다. 김현태 교수에게 들었던 바로 그 사망 사건에 대한 기사였다. 지수는 마지막 글자까지 천천히 스크롤을 내렸다. 지수는 윤우의 이름을 검색해 다른 기사도 찾아보았다. 그중 유독 윤우의 최근 근황을 캐내려는 기사가 눈에 띄었다.

—죽음을 몰고 왔던 천재 바이올리니스트의 근황
—악마의 바이올린 전공생, 예술고 진학 못 한 이유는?

지수는 자신이 윤우의 데이터로부터 발견한 사실을 한국대 김현태 교수에게 설명했다. 김현태 교수는 의외로 전혀 놀라지 않았다. 지수는 교수가 놀라지 않는 게 이상했다. 오히려 김현태 교수 쪽이 지수가 놀라게 될 줄 알고 있었다는 태도였다.

인지신경과학을 공부하던 미국 대학원 시절, 김현태 교수는 한 스터디 클럽에서 추종하는 가설에 탐닉하고 있었다. 그 가설은, 인간이 느끼는 감정은 곧 파동이며 소리가 음파로 전달되는 것처럼 감정도 파동으로 다른 사람에게 전이된다는 것이었다. 다만 음파와 감정 파동의 차이는, 음파가 공기를 통해 전달되는 반면 감정 파동은 우리가 알 수 없는 다른 차원을 통해 전달될 것이라는 추측이었다. 유사과학처럼 들리겠지만 나름 유명 대학의 교수들과 대학원생들이 자발적으로 모여 공부하는 스터디 클럽이었다.

배경은 다양했다. 뇌과학, 정신철학, 물리학, 신경과학, 심지어 김현태 교수처럼 음악 전공자였다가 인지신경과학을 공부하러 온 사람까지. 그들은 인간의 모든 정신 작용을 뇌의 활동으로 설명하는 주류 이론을 벗어나 완전히 새로운 방식으로 의식과 감정을 이해하려고 했다. 주류 이론이 틀렸기 때문이 아니라 그들이 만든 파동 가설이 인간과 우주를 설명하는 다양한 가설들의 하나로서 결코 배제될 수 없음을 오랜 토론을 통해 결론 내렸기 때문이었다. 그들은 스터디 클럽에 열성적으로 참여하면서 파동 가설을 정교하게 다듬었고, 구체적인 실험 결과를 얻어 세상에 공개하게 될 날을 고대하고 있었다. 그리고 그 기회가 마침 김현태 교수에게 온 것이었다.

"그럼 이제 다음 단계로 넘어가야지. 이 공동 연구의 본래 목적 말이야."

김현태 교수는 연구과제의 중간보고서 표지에 쓰여 있는 문구, '연주자와 청중의 감정 교류'를 손으로 짚으며 말했다. 지수는 망설였다. '연주자와 청중의 감정 교류'라는 문구가 '연주자로 인한 청중의 사망 가능성 분석'으로 읽혔기 때문이었다. 김현태 교수는 마시던 믹스커피를 끝까지 들이켰다.

"뭐가 걸리는 일이라도 있나?"

김현태 교수가 물었다. 전보다 자신감이 붙은 목소리였다.

"아닙니다."

지수는 보고서를 집어 가방에 넣었다. 지금으로써 분명한 건, 윤우에 대해 더 알고 싶다는 점이었다. 이 연구 결과가 윤우의 결백이 될지, 윤우를 묶을 사슬이 될지, 아직은 알 수 없었다.

"윤우야, 한 달 해보니까 어때? 더 할 수 있겠어?"

"네, 할 수 있어요. 붕 떠오르는 게 얼마나 황홀했던 건지 제가 잊고 있었더라고요."

"고마워. 쉽지 않은 결정이었을 텐데. 네가 생각지도 않은 지점에서 많은 영감을 주었어."

"제가 어떤 영감을 드렸어요?"

"음, 감정을 목소리처럼 자유자재로 조절할 수 있다는 거야."

"목소리처럼요?"

윤우는 입을 '아' 벌리고 저음과 고음 사이를 오르내렸다.

"이렇게요?"

"응, 그렇게."

"그럼 음악 시간 가창 시험 같은 거네요. 음악 시간은 너무 재미가 없어요. 선생님이 반주를 하면 거기에 맞춰서 기계적으로 노래를 불러야 돼요."

"실험실에 오는 건 괜찮고?"

"저는 바이올린 할 때가 제일 좋아요."

윤우의 상태는 많이 좋아졌다. 입을 앙다문 얼굴로 몇 마디 하지 않던 첫 만남과는 달리 많이 밝아진 모습이었다. 지수는 윤우가 바이올린을 켤 때 어떤 생각을 하는지 궁금했다.

"음악으로 사랑스러움을 표현하는 건 어떻게 하는 거야?"

지수가 물었다. 윤우가 눈을 커다랗게 뜨더니 턱을 괴었다.

"뭐랄까, 사랑스러운 장면들이 갑자기 머릿속에 꽉 차는 느낌이에요. 처음 보는 장면도 있고 무슨 상황인지 이해가 안 되는 장면도 있는데, 그 느낌만은 확실히 다가와요."

"음, 여러 개의 유튜브 영상을 보는 것처럼?"

"비슷해요. 모든 영상을 한꺼번에 보고 한꺼번에 느끼는 것처럼요."

지수는 윤우와 대화를 나누는 것이 즐거웠다. 윤우는 인간이 모르는 주파수로 지수에게 말을 거는 것 같았다. 타임머신을 타거나 축지법을 쓰는 사람이 있다면 눈을 떼지 못하고 바라보게 될 것 같은데 윤우를 보는 지수의 눈빛이 그랬다. 윤우는 이상한 말을 전혀 이상하지 않게 말하는 재주가 있었다. 윤우는 인간의 감정에 대해 지수가 지금껏 들어보지 못한 종류의 얘기들을 해주었다. 아무리 유명한 맛집의 상차림이라도 윤우가 맛있게 요리해주는 감정의 수라상에 비할 순 없었다.

"저는 외국어를 잘하고 싶어요."

"좋지. 지금부터 열심히 공부하면 돼."

"학교에서 프랑스어를 제2외국어로 배우거든요. 알파벳을 다르게 읽는 법을 아니까 좋아요. 같은 걸 다르게 말할 수 있으니까요. 한국말로도 하고 영어로도 하고 프랑스어로도 하고. 그리고 저는 마음으로도 다른 사람한테 말을 거는 것 같아요. 어떻게 하는지는 몰라요. 그냥 제가 신호를 보내면 상대방한테 닿는 게 느껴져요."

"어떻게 신호를 보내니?"

지수가 물었다.

"눈에 보이지 않는 통로가 있어요. 제가 어떻게 통로의 입구를 찾고 통로 안에 정확히 무엇을 흘려보내는지는 잘 모르겠어요. 마치 엘리베이터 같아요. 1층에 있던 사람이 갑자기 10층에 나타나는 것처럼 제가 보낸 게 어디론가 사라졌다가 누나 앞에 깜짝 나타나는 것 같다고 할까요."

점심시간이 조금 지나자 카페에 사람들이 많아지기 시작했다. 두 사람이 있는 곳 주변에도 몇몇 사람들이 진동벨을 갖고 앉았다. 소음이 늘어났다. 하지만 지수와 윤우, 두 사람에게만은 소음이 전혀 없는 것처럼 느껴졌다.

"맞아, 윤우야. 이번엔 바로 그걸 실험할 거야. 연주자의 감정 표현이 청중에게 어떻게 전달되는지 보려고 해. 외부인을 데려와서 네 연주를 듣게 하고 그 사람의 파동을 측정하는 거지."

지수는 실험 참가자들을 모집했다. 교내 게시판 곳곳에 포스터를 붙이고 개인정보 동의서 양식을 준비했다. 음악을 듣고 있기만 하면 참가비가 지급된다고 하니 지원자가 꽤 많이 몰렸다. 지수는 일부러 연구실 학생들이 없는 심야 시간으로 실험 일정을 잡았다.

"지수, 새로운 연구 주제가 금방 또 생긴 거야? 한국대랑 공동 연구하는 건 취소됐다며."

퇴근하는 준현이 연구실 문을 닫으며 말했다. 지수는 분주하게 키보드를 치고 있었다.

"네, 어쩌다 보니 그렇게 됐어요."

지수가 대답했다. 그러자 준현이 소름 끼친다는 식으로 말했다.

"야, 그거 살인범이랑 하는 거였다며?"

"살인범 아니에요!"

지수가 준현에게 고개를 홱 돌리며 쏘아붙였다.

자정이 다 된 시각, 연구실 건물은 3층 실험실에서만 빛이 새어 나오고 있었다. 준현이 시연을 하고 지수가 멀찍이 구경하던 인체파동측정기를 이제는 지수가 능숙하게 다루고 있었다. 지수는 연주자와 감상자 사이의 감정 교류를 측정하기 위한 실험 방법에 관해 김현태 교수가 보낸 메일을 다시 한번 확인했다. 그사이 첫 번째 실험 참가자가 도착했고 윤우도 뒤따라 들어왔다. 지수가 참가자에게 동의서 서명을 받는 동안 윤우는 익숙하게 지수의 자리에 앉아 악기를 내려놓고 기다렸다. 지수는 파동 측정 위치에 참가자를 세우고 윤우는 기계 반대편에서 바이올린을 연주하도록 했다.

"자, 참가자님. 바이올린 연주에 집중하면서 편하게 듣고 계시면 됩니다. 그럼 측정 시작하겠습니다. 혹시라도 중간에 불편하시거나 문제가 있으면 빨간 버튼을 눌러주세요."

지수는 은근히 노심초사하고 있었다. 당연히 아닐 것이라고 생각하지만 윤우의 연주를 듣고 있는 사람에게 또 불미스러운 일이 발생할까 봐서였다. 물론 기우였다. 여러 참가자가 실험에 참여했지만 빨간 버튼을 누른 사람은 한 명도 없었다. 어떻게 음악을 듣다가 죽을 수가 있나, 역시 말도 안 되는 일이다. 젊은 사람도 멀쩡하다가 심장마비가 왔다는 얘기도 있지 않나, 윤우에게 벌어진 일은 아마 그런 경우였을 것이다. 실험은 아무쪼록 잘 진행되고 있었다. 윤우가 갑자기 잠수를 타기 전까지는.

윤우에게 연락이 되지 않았다. 실험실에 나오지도 않았고 전화를 받지도 않았다. 지수는 일단 줄줄이 예약되어 있던 실험 일정을 급하게 무기한 연기했다. 급한 불을 끄고 나니 화가 났다. 이틀이 지나자 더 이상 참을 수 없어 윤우의 실험참가 동의서를 찾아 집 주소를 확인했다. 윤우의 집을 찾아가 초인종을 눌렀다. 인기척이 없어 다시 누르려는데 윤우의 어머니가 문을 열었다.

"어머니, 안녕하세요. 저는 윤우와 실험을 진행하

고 있는 과학기술원 박사과정 현지수라고 합니다. 윤
우와 갑자기 연락이 되지 않아서…….”

“찾아오지 마세요. 부탁입니다.”

윤우의 어머니는 그렇게 말하고는 문을 쾅 닫았
다. 지수는 윤우가 마지막으로 실험실에 왔던 날을
되짚어보았다. 아무런 문제가 없었다. 하지만 금세 무
언가 머릿속을 스쳤다.

‘아차, 그날 김현태 교수와 실험 방법을 논의하기 위
해 주고받았던 메일이 컴퓨터 화면에 띄워져 있었지.’

지수는 아직까지 윤우를 김현태 교수로부터 소개
받았다는 사실을 윤우에게 밝히지 않았었다. 사망한
반주자가 김현태 교수의 아내라는 것을 알게 되면
윤우가 실험에 참여하지 않을 것이라 생각했기 때문
이었다. 윤우가 자신을 어떻게 알게 되었냐고 물었을
땐 주요 콩쿨 입상자 중에서 찾았다고 대충 얼버무
리곤 했다. 지수는 휴대폰 메시지를 열었다. 그제부
터 보냈던 메시지엔 아직도 답장이 없었다.

‘윤우야, 혹시 내 메일 봤던 거니?’

전송 버튼을 눌렀다. 반응이 없었다. 그러다 몇 분
뒤에 답장이 왔다.

'누나가 보기에도 제가 이상하죠?'

'저한테 대체 무슨 실험을 하는 거예요?'

어렵게 윤우를 다시 만날 수 있었다.

"제가 막 사람을 죽이니까 그 사람이 제가 진짜 악마가 아닌지 실험을 해보라고 했어요? 아니면 약물이라도 투여해서 정신병원에 집어넣으래요?"

윤우의 얼굴이 붉어졌다.

"그런 짓을 할 리가 없잖아. 윤우야, 그런 게 아니고…."

"아니면 뭐예요."

윤우가 방어적으로 말했다. 지수는 김현태 교수를 생각했다. 교수는 윤우에게 특별한 악감정을 갖고 있는 것은 아니었다. 그에겐 윤우와 단둘이 있던 아내가 그렇게 될 수밖에 없었던 이유가 필요할 뿐이었다. 그것이 이 연구가 추진되는 동력이었다. 하지만 이제는 지수 스스로가 윤우를 놓고 싶지 않았다. 윤우를 둘러싼 기이한 현상과 사건, 어쩌면 윤우의 몸으로부터 측정되는 파동이 그것의 진실을 알려줄 수 있을지도 모르는 일이었다. 적어도 지수

는 그렇게 믿었다. 윤우의 파동이 무엇을 의미하는
지 지수는 알아야만 했다.

"네 능력의 정체를 알아내야만 해. 그게 모든 걸
밝혀줄 거야."

지수가 말했다.

둘은 초저녁 공원을 걸었다. 노을이 연못을 붉게
물들였다. 산책로를 거니는 사람들이 하나둘 사라
졌다.

"윤우야."

지수가 말했다.

"네가 충분히 오해할 만한 상황이었던 건 알아.
하지만 너무 극단적으로 생각하지 않았으면 해. 여
러 명의 연주자를 대상으로 실험하고 있고 넌 그중
한 명일 뿐이야."

지수는 거짓말을 했다. 윤우가 이 실험을 위해 특
정되었다는 인상을 주지 않기 위해서였다.

"그 교수님의 아내분이 저와 함께 있다가 죽었어
요. 모두가 저를 의심했어요. 사망 원인을 밝히진 못
했지만, 사람들은 저를 피하더라고요. 의심받는 게
어떤 건지 아세요?"

윤우는 먼 곳을 바라보았고, 지수는 윤우를 보고 있었다. 윤우가 계속 말했다.

"그래도 실험을 하면서 다시 깨달았어요. 내가 공중부양을 하는 것과 사람이 죽는 것은 상관이 없구나, 남들이 한목소리로 손가락질하면 이런 당연한 사실도 한참 걸려 깨달을 수밖에 없구나, 하고요."

윤우는 걸음을 멈추고 지수를 바라보았다.

"약속해 주세요. 저를 지옥에서 꺼내주겠다고. 반주자 선생님이, 그러니까 김현태 교수님의 아내분의 죽음이 저와는 아무런 관련이 없다는 걸 밝혀주겠다고. 뉴스에서 그랬잖아요, 인체파동측정기는 뭐든지 할 수 있다고."

지수는 연주자의 감정이 청중에게 전이되는지 알아보기 위해 윤우의 데이터를 분석했다. 공동 연구를 중단하지 않은 것을 장우섭 교수에게 들키지 않기 위해 밤늦은 시간에만 분석 프로그램을 켰다. 며칠이 지나고 어느 새벽, 지수는 갑자기 의자에서 천천히 몸을 일으켰다. 모니터로 보고 있는 사실은 분명했다. 윤우는 자신의 감정을 자신의 연주를 듣는 사람에게 완벽히 전이시키고 있었다. 몇 번을 들여다보아도 그렇게 해석할 수밖에 없는 결과였다. 감정 지시어가 동일할 경우 완전히 똑같았던 윤우의 바로 그 주파수 성분들의 숫자가 연주를 들은 사람들의 파동에서도 거의 같은 값으로 재현되고 있었다. 실험 참가 후 설문조사에서 윤우의 연주에 많이 몰입되었다고 대답한 사람일수록 그 값의 오차는 작았다. 즉, 윤우는 원하는 감정을 즉시 느낄 수 있는 능력이 있으며, 심지어 그 감정을 다른 사람에게 정확히 전이시킬 수 있었다. 윤우의 말에 따르면 오직 바이올린을 연주할 때만 생기는 능력이었다.

김현태 교수는 지수의 말을 듣고 잠시 동안 입을 열지 못했다. 태연했던 지난번 미팅 때와는 달리 적잖이 놀란 듯 보였다. 실은 이것이야말로 직접 확인하고 싶었던 결과였다. 자신이 추종했던 스터디 클럽의 파동 가설이 실제 데이터로 입증된 순간이었다. 인간이 느끼는 감정은 곧 파동이며, 소리가 공기를 통해 전달되는 것처럼 파동이 미지의 차원을 통해 다른 사람에게 닿아 감정이 전이된다는 가설. 그것은 사실이었다.

"연주가 끝나고 나서 매번 기록했던 윤우의 실험 인터뷰 중에 말이야. 검은 공간이 보인다는 얘기가 있었지?"

김현태 교수가 말했다.

"네, 검은 공간에서 무수히 많은 끈을 봤고 사방에서 한 번도 들어본 적이 없는 음악이 들린다고 했어요."

지수가 대답했다. 김현태 교수는 상기된 얼굴을 하고 있었다. 처음 지수를 만났을 때와는 사뭇 다른 모습이었다. 윤우의 실험 결과가 하나씩 드러날 때마다 김현태 교수는 왠지 장우섭 교수를 닮아가는 것처럼 보였다.

"이제 우리의 이야기로 결과를 설명하기만 하면 돼. 사실 이 실험은 내가 알고 있는 어떤 가설을 검증하기 위한 것이었어."

김현태 교수는 지수에게 자신이 참여했던 스터디 클럽의 존재와 그곳에서 탄생한 파동 가설에 관해 얘기해주었다. 그 가설은 김현태 교수가 지수와의 첫 만남에서 얘기했던 시적인 표현처럼 인간을 설명하는 마법 같은 이야기였다. 인간의 파동은 매 순간 자신의 모든 정보를 담고 있다. 그 사람이 놓인 시간, 공간, 신체적 상태뿐 아니라 그 순간의 의식, 생각, 감정까지도. 말도 안 되는 현상이 나타난 그 특정 주파수 성분들이 아마도 감정을 표현하는 부분일 것이었다. 파동 가설에 따르면 김현태 교수의 주장은 이랬다. 윤우가 바이올린을 연주할 때 자신의 감정이 파동에 얹혀 퍼지는데, 듣는 사람의 파동과 중첩되어 강하게 공명하면 그 사람을 죽음에 이르게 할 수도 있다는 것이다. 김현태 교수는 파동 가설의 내용과 이러한 실험 결과 해석을 논문에 담자고 했다.

"사망에 이르게 할 수도 있다는 내용은 제외했으면 좋겠어요."

지수가 말했다.

"왜, 벌써 정이 든 거니? 그 애가 의도했든 아니든 살인자라는 게 드러났잖아."

김현태 교수가 날카롭게 말했다.

"영향은 있었다고 쳐도 아직 확신할 수는 없어요."

"듣는 사람에게 파동이 전이된다는 게 버젓이 증명됐는데 뭐가 문제야."

김현태 교수는 흥분하며 더욱 쏘아붙였다.

"아내분의 파동으로 증명한 건 아니잖아요."

지수는 급기야 이렇게까지 말하고 말았다.

"죄송해요. 저도 모르게 그만."

지수는 인사를 하고 급히 나왔다.

5

세상에서 가장 예술적인 논문 시연

　윤우는 고등학교 2학년이 되었다. 지수는 유명 저널에 논문을 투고했다. 인간이 아직 발견하지 못한 다른 차원을 통해 감정이 전달된다는 내용이었다. 윤우가 늘 얘기했던 검은 공간이 바로 그 새로운 차원으로 묘사되어 있었다. 그 근거로 윤우의 파동 분석 결과와 심층 인터뷰 내용이 함께 실렸다. 하지만 저널에선 지수의 논문을 거절했다. 분명 획기적인 발견이지만 피실험자가 한 명뿐이라 실험 결과를 신뢰할 수 없다는 것이 거절 이유였다. 지수는 할 수 없이 무료 논문 공개 사이트에 논문을 올렸다.

반응은 폭발적이었다. 저널에 등재된 것은 아니었지만 논문은 학계에 적잖은 파문을 일으켰다. 지수의 논문을 두고 여러 주장이 난립했다. 감정이 바로 초끈 이론의 숨겨진 차원이라고 열렬히 맞장구를 치는 부류, 감정은 그저 뇌의 작용이라는 부류, 그런 뇌를 이해하지 못하고 있으니 이런 웃기는 주장이 나오는 게 아니겠냐고 일침을 놓는 부류까지 다양했다. 지수의 이메일 수신함에는 하루에도 몇백 개씩 메일이 쌓였다. 지도교수인 장우섭 교수의 반응도 걱정이 됐다. 윤우에게 안 좋은 과거가 있다는 사실을 알게 된 후 교수는 당장 지윤우를 끌어들인 연구를 중단하라며 엄포를 놓았었기 때문이다. 인체파동측정기로 승승장구하고 있는 자신의 경력에 해가 되지는 않을까 지윤우를 실험실에서 두 번 다시 보게 된다면 연구실에서 내쫓겠다며 지수를 협박하기도 했었다. 하지만 지수는 실험 결과가 틀리지 않은 이상 분명 세상을 놀라게 할 논문임을 확신하고 있었다. 논문만 인정받는다면 실적 만능주의자인 장우섭 교수도 계속해서 냉정한 입장을 고집하지는 않을 것이라 생각했다.

아직 과학이 정복하지 못한 영역인 감정은 사회의 뜨거운 감자였다. 기술이 만든 인공 감정은 사람들을 만족시키지 못했기 때문이다. 이미 글로벌 IT 기업들은 인간의 감정을 이해할 수 있는 인공지능을 대량으로 생산했지만 사람들은 외면했다. 인간의 마음을 흉내 내는 로봇에 진절머리가 났기 때문이었다. 집에 돌아오면 반겨주는 개인 비서 로봇이나 독거노인과 대화하는 돌봄 로봇은 첫 출시 때만 해도 반짝 인기를 얻었지만 이내 사그라지고 말았다. 아무리 따뜻하고 섬세한 말투를 써도, 고품질 인공 피부로 자연스러운 미소를 지어도 사람들은 인공지능과 진심으로 교감할 수 없었다. 특히 1인 가구 사람들이 로봇하고라도 진정한 친구가 되고 싶어 로봇이 자신을 이해해줄 때까지 대화를 시도했지만 결국 인내심이 바닥을 드러냈다.

감성 인공지능에 대한 반감이 높아지자 기업들은 애가 탔다. 그동안 퍼부었던 천문학적인 연구개발비가 아까워서라도 감성 인공지능 개발을 멈출 수는 없었기 때문이었다. 그들은 인공지능이 주인의 감정과 똑같은 감정을 느끼도록 만들 수 있다는 믿음을 포기하지 않았다. 사람들이 언젠가는 자신의 연인만큼 인공지능과 교감할 수 있다는 것을 인정하게 될 것이라 생각했다. 물론 그 한계를 인정하는 과학자들도 없지는 않았다. 감정은 인간처럼 어쩔 수 없이 유한한 삶을 사는 생명체에게만 나타나는 현상이라는 것이다. 그래서 삶의 시간이 정해져 있는 생명체가 아니면 진짜 감정은 만들어질 수 없다고 반박했다. 하지만 이렇게 주장하는 사람은 소수였다. 대부분의 사람은 여전히 인공적인 기계로부터 인공적이지 않은 진짜 감정을 구현할 수 있다고 믿었다.

그런 그들에게 지수의 논문은 꽤 구미를 당겼다. 특정 감정을 일으키는 파동을 만들어 인공지능 로봇에게 심으면 그야말로 진짜 감정을 가질 수 있을지도 모른다고 혹했기 때문이었다. 그들은 지수를 비롯한 연구진에게 논문의 연구 결과를 눈앞에서 증명해 보일 것을 요구했다. 직접 보기 전까지는 정말 파동으로 감정이 만들어지는지, 시공간을 넘어선 다른 차원이 진짜 있는지, 믿을 수 없었기 때문이다. 자연스레 윤우에게 관심이 쏠아졌다. 새로운 차원을 자유자재로 드나들 수 있는 사람이 대체 어떤 사람이냐며 국내외 언론의 취재 요청이 쇄도했다.

윤우는 정면 대응에 나섰다.

"누나, 연주회를 할게요. 그렇게 해서, 다른 사람들에게 제가 무엇을 보는지 알릴게요."

윤우가 지수에게 말했다. 지수는 난처했다.

"윤우야, 내가 너에게 너무 많은 부담을 준 것 같아. 하지만 네가 보는 게 진짜라면 나는 다른 사람들도 그걸 알았으면 좋겠어. 우리가 전혀 몰랐던 세계이니까."

지수가 말했다.

"지금까지 아무도 제 말을 믿지 않았어요. 제가 공중부양을 하고 검은 공간이 보인다는 말을 하면 병원에서도 상담소에서도 저를 이상한 사람으로 취급했어요. 제 말을 진심으로 믿어준 건 누나가 처음이에요."

윤우가 다짐하듯 말했다.

"누나가 틀리지 않았다는 걸 제가 사람들에게 보여줄게요."

'연주자와 청중 간 감정 교류'라는 주제로 시작한 연구는 어느새 '감정 차원의 발견'이라는 제법 울림 있는 논문이 되어 있었다. 지수는 지난번 김현태 교수에게 내뱉은 말이 마음에 걸렸다. 교수가 발끈하며 윤우를 몰아세우긴 했어도 그만큼 아내의 죽음은 감히 남이 헤아릴 수 없는 아픔이었다. 지수는 망설이다가 전화를 걸었다.

"여보세요. 김현태 교수님?"

"네. 접니다."

"문의 메일도 많이 오고 해외 인터뷰 요청도 많은데 다 교수님 덕분이에요. 그래서 윤우가 연주회를 하기로 했어요."

"연주회를?"

김현태 교수가 물었다.

"네, 목적은 윤우가 연주할 때 경험하는 검은 공간을 다른 사람들에게 보여주려는 거예요. 논문 시연을 연주회로 하는 거죠."

외신 기자들까지 대거 방문할 예정인 연주회는 역대 가장 중요한 교내 행사 중 하나로 준비되고 있었다. 학교 총장은 '세상에서 가장 예술적인 논문 시연'이라는 연주회 제목을 짓고 흡족해했다. 행사의 주인공 윤우 역시 연주회를 공들여 준비했다. 지수는 그런 윤우를 보며 참 다행이라고 생각했다. 예전처럼 바이올린 연주를 두려워하는 모습은 찾아볼 수 없었다. 윤우가 종이에 무언가를 열심히 적다가 물었다.

"누나가 사회를 보면서 제가 느끼는 감정을 해설해주면 어때요?"

어디서 '해설이 있는 음악회'라는 말을 주워들었구나 싶었다. 아차, 주워들은 건 나지. 윤우가 고등학생이 되고 나선 틈날 때마다 인터넷 강의를 듣는 모습만 보다 보니 원래 음악 전공생이었다는 사실을 잠깐 잊고 있었다.

"그거 좋다."

윤우는 한참을 더 열중하더니 지수에게 종이를 내밀었다.

"선곡은 이렇게 해봤어요."

연주회 프로그램 순서였다.

1. 대류권
2. 성층권

3. 중간권

4. 열권

5. 우주

지수는 종이에 적힌 글자를 보다가 미간에 힘을
주었다.

"윤우야, 이게 뭐야?"

"요즘 학교 지구과학 시간에 대기권을 배우거든
요. 제가 공중부양 하는 느낌을 대기권으로 설명해
도 될 것 같아요."

지수는 당황스러웠다.

"하지만 아무리 그래도…."

윤우는 실험을 할 때마다 붕 뜨는 느낌에 관해
신이 나서 얘기하곤 했다. 이미 여러 번 들었던 얘기
라고 눈치를 주면 그제야 멈추곤 했다. 한 얘기를 또
하고 또 할 만큼 황홀했나 보다 하고 지수는 받아들
였다. 윤우는 그 황홀함을 다른 사람들에게도 알려
주고 싶다고 했다. 연주회 준비 담당자는 도무지 음
악회 같지 않은 프로그램 순서지를 보고 말을 잇지
못했다. 해외 언론사 기자들까지 초청해서 실시간

라이브를 하는데 이런 장난스러운 프로그램으론 홍보를 할 수 없다고 했다. 지수도 난처한 건 매한가지였다. 지수는 윤우의 선곡 취지를 충분히 설명한 끝에 가까스로 담당자들을 설득했다. 결재를 얻어냈다고 하니 윤우는 치아를 드러내고 장난기 많은 소년처럼 웃었다.

연주회엔 예상했던 것처럼 많은 인파가 몰렸다. 교수와 학부생, 대학원생들을 포함해 외부에서도 많은 사람이 찾아왔다. 곳곳에 붙어 있는 연주회 포스터엔 그냥 지나칠 수 없는 문구가 적혀 있었다.

VR도 AR도 아닌 Just Reality: 세상에서 가장 예술적인 논문 시연, 지윤우 바이올린 독주회—공중부양을 경험하게 해드립니다.

지수는 공연장을 둘러보았다. 만석이었다. 윤우의 어머니와 김현태 교수는 물론 오랜만에 제자를 만나기 위해 몰래 찾아온 윤우의 바이올린 레슨 선생님도 있었다. 레슨 선생님은 연주회가 끝나고 무대 뒤로 윤우를 만나러 가겠다며 아직 윤우에게 자신이 온 것을 말하지 말아달라고 당부했다. 지수는 웃으며 고개를 끄덕였다. 윤우가 무척이나 반가워할 것 같았다. 윤우는 멋지게 턱시도를 차려입은 모습이었다. 무대 조명이 켜지자 지수가 무대 중앙으로 걸어나갔다.

"안녕하세요, 여러분. 세상에서 가장 예술적인 논문 시연 연주회에 오신 것을 환영합니다. 저는 사회를 맡은 박사과정 현지수입니다. 오늘 무대를 꾸밀 지윤우 군은 국내 유수의 콩쿨에서 1위를 차지한 바이올린 영재입니다. 저는 지윤우 군을 제 연구의 피실험자로 처음 만났는데요. 이 학생을 통해 감정이 미지의 차원을 통해 전달된다는 다소 파격적인 논문을 발표했습니다. 그 이후 여러 사람으로부터 연주와 인터뷰 요청이 많아서 오늘 이 자리를 마련하게 되었습니다. 포스터에서 보신 것처럼 지윤우 군은 오늘 여러분께 하늘을 나는 경험을 오직 음악만으로 선사해줄 것이라 합니다. 그럼 지윤우 군을 큰 박수로 맞이해주시기 바랍니다."

박수 소리와 함께 윤우가 무대로 걸어 나왔다. 머리에는 뇌 스캐너를 착용한 상태였다. 앞쪽에 앉은 기자들은 눈에 불을 켜고 윤우의 행동 하나하나를 주시했다. 객석 중앙에 있는 PD도 대형 카메라의 각도를 조절하며 허리를 곧추 세웠다.

솔직히 너무 걱정스러웠다. 윤우가 평소처럼 공중부양에 성공할 수 있을지, 성공한다 해도 사람들의 기대에 얼마나 부응할지. 객석의 사람들은 기대 반 의심 반으로 윤우를 지켜보았다. 윤우의 뇌 스캐너 영상에 검은 공간이 나타날지, 그래서 인간이 발견하지 못한 미지의 차원을 최초로 증명하는 자리가 될지, 모두가 떨리는 마음으로 주목하고 있었다.

지수는 무대로 걸어 나오는 윤우를 바라보았다.

'할 수 있겠니? 이제 모든 게 너에게 달렸어.'

지수는 그렇게 눈빛을 보냈다. 그리고 그 순간, 지수는 흠칫 놀랐다. 윤우의 허리춤에서 이 세상의 것이 아닌 것 같은 기다란 끈들이 삐져나와 빛을 내고 있었다. 지수는 잠깐 넋을 잃고 그것들을 보았다.

'걱정 마세요.'

머리에 뇌 스캐너 장비를 착용하고 있는 윤우가 작게 웃어 보였다. 그리고 박수 소리와 함께 무대 한가운데에 섰다.

연주회 하루 전, 지수는 윤우의 어머니를 찾아갔다.

"누구세요?"

현관문에 가까워지는 발소리가 들렸다. 문이 열렸다.

"안녕하세요, 어머니. 현지수입니다."

문전박대했던 지난번과 달리 윤우 어머니는 조금 부드러워진 모습으로 지수를 맞이했다.

"윤우는 아직 학교에 있을 시간인데…."

그러면서 지수를 집으로 들였다. 윤우의 방에는 만화 캐릭터 인형, 벽에 붙은 포스터, 쿠션이 가득했다. 책상에는 문제집과 모의고사 시험지가 쌓여 있었고, 아직 안 치운 지우개 가루가 흩어져 있었다. 영락없는 고등학생의 방이었다.

"저번엔 미안합니다. 저는 윤우의 말만 들었으니까요. 김현태 교수와 더는 엮이고 싶지 않았던 것뿐이에요."

어머니가 시선 둘 곳을 찾으며 말했다. 지수는 아니라며 손사래를 쳤다. 그리고 조심스럽게 물었다.

"혹시 윤우가 남들과 좀 다르다는 건 알고 계셨던 거죠?"

"왜 몰라요, 알죠. 정신과에도 여러 번 데리고 갔

었어요. 아무런 이상이 없다는 말만 들었고요. 사회성이 낮은 것도 아니고 일상생활에는 전혀 지장이 없어요."

어머니는 감정이 복받쳐 오르는 듯 잠시 숨을 고르더니 말을 이었다.

"제 생각에는 아빠가 세상을 떠난 게 충격이 컸던 것 같아요. 그러고 나서 윤우가 이상한 증상을 보이기 시작했거든요. 살아 있을 때 애 아빠가 해외여행도 데리고 다니고 윤우와 시간을 많이 보냈어요."

지수는 말없이 윤우 어머니를 보았다. 눈가의 주름이 그간의 눈물을 받치느라 파인 것처럼 보였다. 어머니는 잠시 자리를 비웠다. 그러더니 낡은 수첩을 하나 들고 왔다.

"애 아빠가 음악을 참 좋아했거든요. 윤우가 태어나기 전부터 애가 태어나면 무슨 음악을 들려줄지 적어놨던 노트예요."

수첩을 펼치니 고운 글씨체로 한 자 한 자 정성 들여 적은 목록이 보였다.

Daniel Boone 〈Beautiful Sunday〉

Whitney Houston 〈Run To You〉

Queen 〈Too Much Love Will Kill You〉

Bob Dylan 〈Knockin' On Heaven's Door〉

Eric Clapton 〈Tears in Heaven〉

The Eagles 〈Love Will Keep Us Alive〉

The Beatles 〈Across The Universe〉

⋮

이렇게 적혀 있는 곡들이 족히 천 개도 넘어 보였
다. 윤우 아버지는 아들에게 음악을 들려줄 때마다
자기 전에 침대에 엎드려 곡 제목 옆에 동그라미 표
시를 했다고 한다. 회사 휴가를 아껴두었다가 아들
에게 비틀스를 보여주기 위해 영국 비행기 표를 끊
고 기뻐하는 사람이었다.

"그런데 윤우가 바이올린을 할 때 자꾸 사람이
죽으니까, 왜 우리에게 그런 일이 일어나는지 정말
미칠 것 같았어요. 그럴수록 아이를 보듬어줬어야
하는데, 저도 많이 지쳤었죠, 경제적으로나 정신적
으로도."

지수는 조심스레 손을 뻗어 윤우 어머니의 손을

꼭 잡았다. 윤우 어머니는 많이 지쳐 보였다.

"이제는 걱정 마세요."

지수가 말했다.

윤우 어머니는 대학 시절 피아노를 전공했다. 전공이 같은 친한 친구가 있었는데 나중에 그 친구와 결혼한 사람이 다름 아닌 김현태 교수였다. 두 부부는 자주 왕래하며 친하게 지냈고, 윤우가 어렸을 때 처음 바이올린을 가르쳐 준 사람이 바로 김현태 교수였다고 했다. 김현태 교수가 윤우를 어렸을 때부터 알고 있었다는 건 처음 듣는 얘기였다.

"두 집이 함께 여행을 다닐 만큼 친했어요. 김현태 교수는 돈 한 푼 안 받고 윤우한테 처음 활 잡는 법을 알려준 사람이에요. 그 교수 와이프가 저랑 같이 피아노를 전공한 대학 친구였고요. 친구가 남편 유학으로 미국에 가는 바람에 연락이 뜸해졌다가 윤우가 다니던 아카데미에서 오랜만에 다시 만났었죠. 윤우 연주회 때 자주 반주를 해줬어요. 그런데 그렇게 갑작스럽게 세상을 뜨리라고는….."

'걱정 마세요.'

윤우가 지수를 향해 작게 웃어 보였다.

여러 조명이 윤우에게 쏟아졌다. 고요한 적막이 공연장 전체를 감쌌다. 그리고 모든 준비가 되었다 싶었을 때, 윤우가 활을 들어 올렸다.

대류하는 공기 분자를 제자리에 멈춰 세우며, 곧게 뻗어 나가는 라단조 화음으로 소리는 시작되었다.

Dm

소리는 구김 하나 없이 편편한 리본 끈의 모양을 하고 바이올린의 울림구멍으로부터 쭈욱 뽑혀 나오고 있었다. 소리는 공평하게 모든 사람에게 도달했으며, 도달하자마자 그 사람의 발치에 정중히 놓였다. 윤우가 활의 맨 아래쪽에서 맨 위까지 1센티미터도 남기지 않고 바이올린 줄과 마찰시켰을 땐, 레드카펫처럼 폭이 넓은 리본 끈이 뽑혀 나왔다. 작은 바이올린 몸통에서 나올 거라 상상할 수 없을 만큼 넓적한 끈이었다. 사람들은 아마도 그 넓이만큼 너그럽고 관용적인 무엇을 보았을 것이다. 불신과 의혹, 기대와 여망으로 무대를 바라보는 사람들에게 모든 것을 내보이려는 윤우였다. *바흐의 샤콘느 파르티타 2번 BWV 1004 라단조.*

성층을 이루기 시작한 것은 윤우가 잠시도 틈을 주지 않고 다음 곡으로 넘어간 후였다. 사람들 각자의 발치에 놓인 끈 위에 다른 끈이 와서 포개어졌다. 또 다른 끈이 와서 포개어지며 두께가 두꺼워졌다. 처음엔 연약해 보였지만 이제는 그 위를 밟고 올라서도 될 만큼 끈은 단단한 레드카펫이 되어 있었다. 사람들은 각자의 끈에 올라섰다. 모두의 끈은 그것이 뿜어져 나온 출발점, 윤우의 바이올린 구멍을 향하고 있었다. *파가니니 카프리스 24번 Op.1 가단조.* 윤우는 달리는 말에 채찍질하듯이 바이올린 활로 지판을 마구 때렸다. 윤우가 바이올린 줄을 튕기고 뜯기고 때리기를 반복할 때마다, 잭슨 폴락의 물감처럼 공중에 흩뿌려진 소리가 레드카펫의 표면에 떨어져 무늬를 만들고 있었다. 모든 레드카펫을 화려하게 장식한 다음, 윤우는 예전에 연주했던 느낌을 되살려 그 위에 여러 형상을 만들었다. 병정처럼 또각또각 걷고, 관절을 뚝뚝 끊어 잡는 팝핀 댄서를 흉내 내고, 접영을 하는 것처럼 굽이치는 진동을 만들어냈다. 사람들은 그 형상을 따라 끈 위를 걷기 시작했다.

중간쯤 올라온 것 같았다. 오랜만에 많은 사람 앞에서 연주하느라 그런지 검은 공간에 금방 도달하기가 쉽지 않았다. 혼자 연주할 때보다 몸이 무겁게 느껴졌다. 겨우 한 층 올라가면 무언가 아래에서 잡아당기는 힘 때문에 반 층은 도로 내려앉았다. 그래서 이번엔 필사적으로 속도가 매우 빠른 곡을 연주했다. *바흐 바이올린 소나타 1번 사단조 BWV 1001 4악장 Presto.* 사람들은 급격히 빨라진 속도에 적응하고 있었다. 빠른 에스컬레이터에서 중심을 잡는 것처럼 사람들은 각자의 끈 위에서 두 팔을 벌려 균형을 잡았다. 금방 적응한 사람 몇몇은 차분하게 끈 위를 다시 걸었다. 이미 저만치 걸어가서 윤우의 바이올린에 거의 도달한 사람도 있었다.

열이 올랐다. 한껏 데워진 공기는 소리의 끓는점에 도달하자 보글보글 끓기 시작했다. 그렇게 모두가 높이 상기되었을 때, 스크린에 무언가 나타났다. 그것은 윤우가 착용한 뇌 스캐너로 읽어 들인 윤우의 시각이었다. 사람들은 일제히 목을 쭉 빼고 탄성을 내질렀다. 스크린에는 정육면체 모양의 어떤 물체가 윤우 자신으로부터 빠르게 멀어지고 있었다. 마치 우주선이 눈 깜짝할 사이에 저만치 멀어지는 것 같았다. 멀어지는 물체는 바로 이곳 연주 홀이었다. 윤우는 마침내 검은 공간으로 향하고 있었다. 윤우가 보고 있는 것들이 뇌 스캔 영상을 통해 적나라하게 드러났다. 그곳은 지금까지 그 어떤 인간도 보지 못했던 공간이었다. 광활한 우주와 허무한 암흑, 그 사이 어디쯤에 있는 상태였다.

사람들은 흥분했다. 지금 보고 있는 것은 바로 윤우가 새로운 차원에 진입한 모습이었다. 일부 사람들은 흥분을 감추지 못하고 말문을 뗐지만, 윤우는 집중력을 잃지 않고 연주에 몰입했다. 비록 스크린의 영상이 초창기 필름영화처럼 흐릿했지만 사물을 알아보기엔 충분했다. 화면에서 빠른 속도로 멀어지는 연주회 홀은 아주 작아져서 그저 하찮은 3차원 장난감처럼 보였다. 윤우는 칠흑 같은 어둠 속을 둥둥 떠다니고 있었다. 윤우가 있는 곳엔 매우 어지럽게 얽혀 있는 끈들이 가득했고 한 번도 들어보지 못한 괴이하고 아름다운 소리를 내뿜었다. 일부 관객들은 뇌파 영상의 소리가 출력되는 헤드셋을 쓴 채 겁에 질린 표정을 지었다.

지수는 서 있다가 겨우 긴장을 놓고 주저앉았다. 이제 다 된 것 같았다. 그런데 그때,

"아악!"

관객석 곳곳에서 남녀 목소리가 섞인 비명 소리가 들렸다. 소리가 난 곳으로 사람들이 모여들었고 웅성 거리는 소리가 홀 전체로 퍼졌다.

"여기 사람이 쓰러졌어요!"

앞줄에서 누군가 소리쳤다. 뒷줄 어딘가에서도 다 급한 목소리가 들렸다.

"저기요! 일어나보세요! 여보세요!"

난리가 난 곳이 한둘이 아니었다. 응급차가 쓰러 진 사람들을 태우고 갔다. 한 대가 아니라 여러 대가 사이렌 소리를 높였다. 공연장에 남아 있는 사람들 은 영문을 모른 채 전부 좌석에서 일어나 겁에 질린 채로 우두커니 서 있었다. 연주회는 그렇게 끝났다.

윤우는 대기실에서 귀를 막고 웅크리고 있었다. 또다시 예전의 악몽이 시작된 것이었다.

"지윤우…."

사람들이 모두 돌아간 뒤 지수가 윤우를 발견하

114

고 말했다.

"너 대체 뭐야."

지수의 목소리가 떨렸다. 윤우는 미동도 하지 않
았다.

"너무 좋았어요."

윤우가 기어들어가는 목소리로 말했다.

"뭐라고?"

지수가 당황해 물었다.

"제가 왜 귀를 막고 있는지 아세요? 이렇게 하고
있으면 아까 공중부양을 했을 때 들었던 소리들의
잔향이 들리거든요. 오늘처럼 황홀했던 적은 처음이
에요."

윤우가 고개를 들어 편안한 미소를 지었다. 지수
는 기겁했다. 윤우는 아직 다른 차원에서 돌아오지
못하고 있는 것 같았다.

지수는 텅 빈 공연장으로 쫓기듯 뛰쳐나왔다. 전
화가 왔다. 병원으로 실려 간 관객은 총 열일곱 명이
고 모두 사망했다고 했다. 그중엔 윤우의 바이올린
레슨 선생님도 있었다. 지수는 전화가 끊긴 뒤에도

휴대폰을 귀에서 떼지 못했다. 그리고 천천히 바닥에 주저앉아 머리채를 움켜쥐었다. 자정을 앞둔 시각, 지수는 떨리는 숨을 겨우 내쉬고 있었다.

"저…."

지수는 놀라서 고개를 번쩍 들었다. 목소리의 주인공이 누군지 알아차리는 데엔 그리 오랜 시간이 걸리지 않았다. 윤우에게 파가니니라는 별명을 붙인 뒤 끈질기게 근황 기사를 내보냈던 그 기자였다. 기사 마지막에 있던 기자의 얼굴 사진을 여러 번 봤던 터라 바로 알 수 있었다.

"설마, 지금 취재를 하러 오신 거예요?"

지수가 물었다.

"나우투데이 송기섭 기자입니다."

기자는 표정 변화 하나 없이 덤덤하게 명함을 건넸다.

"지윤우 학생이 무슨 실험에 참여하고 있다는 얘기 익히 들어 알고 있었는데 연구자분은 이제야 처음 뵙는군요."

"죄송합니다. 오늘은 보시다시피, 인터뷰는 조금 그렇지 않을까요? 사람들이 죽었습니다."

지수는 기자의 무례한 태도를 상대하지 않고 자리를 박차고 일어났다. 지수는 송기섭 기자를 지나쳐 걸어갔다. 하지만 기자는 아랑곳하지 않고 지수의 뒤통수에 대고 힘주어 말했다.

"지윤우를 둘러싼 죽음에 아직 인간이 알지 못하는 과학적 사실이 개입되어 있을 것이란 직감이 있었습니다. 연구원님도 그렇게 생각하시는 거죠?"

지수는 발걸음을 멈췄다. 그리고 뒤돌아서 기자에게 다가가더니 약간의 거리를 두고 멈췄다.

"네, 맞습니다. 그런데…."

지수는 삐뚤어진 말투로 대답을 시작했다.

"제가 방금 말씀드렸지 않습니까. 사람들이 죽었다고요. 그것도 열일곱 명이나. 그런데도 그게 당장 그렇게 궁금하시면 지윤우에게 직접 찾아가서 물어보시죠. 저도 이제는 도저히 아무것도 알 수가 없으니까요."

지수는 이렇게 쏘아붙이고 자리를 떠났다.

경찰은 즉시 수사에 들어갔다. 윤우와 지수를 비롯해 연구와 관련된 여러 사람들이 불려와 조사를 받았다. 하지만 조사 내용을 종합할수록 사건은 새로운 차원인가 뭔가 하는 것을 믿지 않으면 도저히 설명될 수 없는 미궁 속으로 빠졌다. 학계는 냉담했다. 전대미문의 사망 사건으로 사달이 난 후 지수를 비롯한 연구진은 국제적인 조롱거리가 되어 있었다. '새로운 차원을 갈구하는 광신 연구 집단'이라는 표현에서부터, 신비감을 주기 위해 연구진이 일부러 사망 사건을 꾸민 것 아니냐는 말까지 나돌았다. 접촉 없이 특정 사람을 조준해 죽이는 신종 화학 무기를 발명해 보유하고 있다는 소문도 들렸다. 모든 게 끝났다. 어쩌면 세계 각국 기자들의 플래시 앞에서 연구에 허점이 있었다고 고개 숙여 인정하는 결말만 남아 있는 것일지도 몰랐다. 지수는 이미 그런 상황을 맞이하기 위한 마음의 준비를 하고 있었다. 허탈했다. 적어도 이 사건 전까지는, 지수는 윤우가 완전히 결백하다고 믿고 있었다. 장우섭 교수가 윤우를 기피하며 날뛰어도, 김현태 교수가 파동의 공명이 자신의 아내를 죽게 했다고 주장했을 때에도, 지수는 그저 흘려들었다. 감정이 파동을 통해 전이된다는 게 밝혀졌어도 그것이 설마 죽음을 불러오진 않았을 거라고, 그저 공교로운 불행이었다고 믿고 있었다. 오직 윤우의 공중부양과 검은 공간만이 연구 대상이라고 생각했다. 하지만 이제, 지수는 윤우의 초능력을 사망 사건과 분리해서 생각할 수 없음을 깨달았다. 윤우는 교묘하게 정체를 숨긴, 초능력을 가진 살인자가 맞을지도 모른다. 그 난장판이 되고 나서도 공중부양의 잔상을 붙잡으려고 순진한 미소를 짓던 윤우의 표정이 떠올랐다. 지수는 다짜고짜 윤우의 집으로 가서 문을 두드렸다. 바로 문이 열렸다. 윤우였다. 그리고 윤우의 뒤에서 누가 구둣주걱을 벽면에 걸며 몸을 일으켰다.

"연구원님?"

공연장에서 만났던 송기섭 기자였다.

"저는 지금 막 가려던 참이었습니다. 그럼 두 분 얘기 나누세요."

송기섭 기자는 서둘러 자리를 피했다. 지수는 기자가 사라질 때까지 뚫어지게 쳐다보았다. 이렇게까지 윤우를 찾아오는 걸 보면 저 사람도 정상은 아니란 생각이 들었다.

"저 사람 너 스토킹하던 사람이야. 알아?"

"알아요."

"저 사람이 왜 여기에 있어. 분명히 널 해코지할 사람이야."

"그럼 누나는요?"

지수가 멈칫했다.

"저는 누나가 해달란 대로 실험에도 참여했고 사람들 앞에서 연주회도 열었어요. 저에게 일어나는 현상의 원인을 누나가 밝혀줄 수 있을 거라고 안일하게 믿었기 때문에요. 하지만 그 결과는 지금 어떻죠? 제가 살인자라는 의심만 더 커졌어요. 누나도 결국 저를 이용해서 논문을 발표하고 이득을 취하려 했던 거 아닌가요? 누나가 기자들과 뭐가 다르죠?"

"나는 네가 살인자가 아니라는 것을 밝히기 위해 여기까지 온 거야. 네가 사람들을 죽였을 리 없다고 믿었으니까. 그런데 미안하지만 이제는 모르겠어."

"뭘 모르겠다는 거예요. 지금 저를 의심하겠다는 거예요?"

"너는 그날 너무 태연했어. 사람이 어떻게 그럴 수 있어?"

"사람이 죽었는데 제가 실실거리고 웃었던 거요?

그건 누나가 공중부양을 해보지 않아서 몰라요. 그
날 저는 그 어느 때보다 최고로 몰입했어요. 그래서
그런지 처음으로 검은 공간의 중심부에 도달했어요.
화면에서 보셨듯이 중심부엔 끈들이 시야를 가릴 정
도로 많았고, 제 피부 전체를 통해 끈의 음악이 밀려
들어 왔어요. 그 정도로 강렬했기 때문에 공중부양에
서 깨어났는데도 일시적으로 저 자신을 통제하기가
어려웠던 것뿐이에요. 저도 미치도록 괴로웠다고요."

"그렇다고 치자. 아무튼 나는 이제 못하겠어. 죽는
게 내가 될 수도 있잖아."

지수가 말했다. 윤우는 잠시 말이 없다가 대꾸
했다.

"저도 더 이상 바이올린을 하지 않으려고요. 연구에
참여하면 이 구렁텅이 같은 악몽의 악순환에서 탈출
할 수 있을 것이라 믿었는데, 역시 착각이었네요."

'연주자와 청중의 감정 교류' 프로젝트는 중단됐
다. 인체파동측정기로 측정한 윤우의 파동 데이터는
분명 새로운 차원의 존재를 암시하기는 했으나 계속
되는 사망자 발생을 해명하라는 학계의 비난이 거세

지면서 연구는 좌초되었다. 아무리 장기 미제 사건이라도 아직 밝혀지지 않은 원인이 분명 존재한다고 생각하는 것처럼 사람들은 이유 없는 죽음을 받아들이지 못했다. 사람들은 연구진이 무언가를 숨기고 있다고 생각했으며 학계의 주목을 끌기 위해 파격적인 논문을 발표했다가 이제 와서는 진실을 공개하지 못하고 있는 것이라 생각했다. 나우투데이 송기섭 기자는 이런 분위기를 놓치지 않았다.

A씨 저는 정말 아무것도 한 게 없고요. 실험에 참여해달라는 부탁을 받고 참여했을 뿐이에요.

기자 그 실험의 책임 교수가 첫 사망자의 남편이라는 것을 알고 계셨습니까?

A씨 처음에는 몰랐습니다.

기자 연구진이 그 사실을 일부러 숨겼다는 뜻입니까?

A씨 그랬던 것 같습니다.

기자 그 교수에게 원한을 샀다고 생각하십니까?

A씨 …….

기자 이상입니다.

김현태 교수는 영상을 보고 분노했다. 영상 댓글에는 아내의 죽음을 탓할 사람을 만들기 위해 A씨를 실험에 끌어들여 악마로 만들었다는 내용이 보였다.

"누가 봐도 악의적인 보도야. 이게 말이 되는 소리야?"

김현태 교수가 흥분한 목소리로 말했다.

"어차피 누가 봐도 이해가 안 되는 상황이니, 제멋대로 프레임을 씌워서 관심을 끌고 있어요."

지수가 말했다. 지수는 자신이 작성한 연구결과 보고서를 탁자에 올려놓았다. 연구비를 회수하겠다는 한국대의 통보에 변명하듯 시말서처럼 써온 것이었다. 지수는 길게 한숨을 쉬었다.

"아직 포기하긴 일러."

김현태 교수가 말했다.

"윤우에 대해 더 알아보고 싶다는 분이 연락을 해왔어. 유명한 이론물리 교수님이신데, 그분이 이 사건을 좀 자세히 보고 싶다고 하는군."

세상에는 이해할 수 없는 것이 많다. 사람들은 이해를 못 한 상태를 잘 견디지 못한다. 그래서 어떻게

든 그것을 이해해보려고 한다. 지수도 그러한 목적으로 여기까지 왔다. 하지만 이제는 이 현상을 파헤치고 싶다는 사람이 있으면 말리고 싶다는 생각뿐이었다.

"잘 모르겠어요. 저는 그냥, 전부 다 모르겠어요."

지수가 자신 없는 어투로 말했다. 그러자 김현태 교수가 굳은 목소리로 말했다.

"끝까지 알아내야지. 이 사건 뒤엔, 우리가 알고 싶어 할 만한 진실이 분명히 있을 테니까. 내 아내도 그걸 밝혀주길 바랄 거고."

6

　김현태 교수에게 연락한 사람은 하버드 대학 물
리학과 리사 엘리엇 교수였다. 물리학과에서는 최초
로 종신 교수로 임명된 사람이었다. 엘리엇 교수는
김현태 교수의 지도교수와 친분이 있었는데 윤우의
연주회 뇌파 영상을 보고 먼저 연락해 온 것이었다.
엘리엇 교수는 우리가 살고 있는 4차원의 시공간 외
의 여분 차원, 즉 다섯 번째 차원 연구의 대가였다.
실제로 그 다섯 번째 차원이 존재함을 수학적으로
밝힌 '엘리엇 모형'을 제시한 논문으로 유명했다. 이
논문은 엄청난 반향을 일으켰지만 그렇다고 5차원

이 실재한다고 믿는 사람은 거의 없었다. 수학적으로는 성립하지만 당연히 현실에선 볼 수도 만질 수도 없기 때문이었다. 엘리엇 교수는 윤우의 뇌파 영상을 매우 흥미롭게 여겼다. 그래서 줄리아라는 자신의 학생 한 명을 한국으로 보내 연구를 같이 진행해보자고 했다.

지수는 줄리아에게 윤우의 실험 데이터를 설명해주었다. 줄리아는 엘리엇 교수의 5차원 이론을 적용해 데이터를 분석했다. 줄리아는 먼저 어떤 것부터 해야 할지 잘 알고 있었다. 지도교수 엘리엇이라면 윤우의 파동 데이터를 보고 응당 확인해봤을 만한 현상, 즉 파동의 전이 양상이 엘리엇 모형에 들어맞는지에 관한 것이었다. 그리고 그것은 정말로 들어맞았다.

"지수, 이것 봐요. 어떻게 이럴 수 있죠? 연주자의 파동이 청자에게 전달되는 속도와 에너지 모두 엘리엇 모형의 시뮬레이션이 예측한 그대로예요."

줄리아의 얼굴에 화색이 돌았다.

"줄리아…."

지수는 다시 기대를 걸었다. 또다시 후회할 수도

있지만 이번엔 다를 것이라 믿고 싶었다. 이 현상에 새로 관심을 보인 사람은 물리학계의 거물급 교수다. 그런 대가의 5차원 이론이 우리가 틀리지 않았음을 말해주고 있었다.

줄리아는 지수보다 더 이 일에 희열을 느꼈다. 줄리아는 대학원에 입학한 지 얼마 되지 않아 해외 경험차 한국에 온 것이었는데 운 좋게 굵직한 연구 실적을 목전에 두게 된 것이다. 엘리엇 교수 역시 흥분을 감추지 못했다. 엘리엇 교수는 자리에서 번쩍 일어나 깊은 생각에 잠긴 듯 고개를 숙이고 서재를 한 바퀴 돌았다. 멍하니 천장을 올려다보기도 하고 두 손을 마구 비비기도 했다. 한참 동안 엘리엇 교수는 온라인 미팅을 하고 있다는 것을 잊어버린 것 같았다. 엘리엇 교수가 제시한 5차원 수학 모형과 윤우의 파동이 이처럼 정확히 일치할 확률은 얼마나 될까. 어쩌면 그 아이가 어떻게 가능한지는 몰라도 인류 최초로 5차원을 경험한 사람이라는 생각을 멈출 수 없었다. 엘리엇 교수가 다시 화면 앞으로 왔다.

"이건 말도 안 되는 일이에요."

엘리엇 교수가 말했다. 그리고 잠시 생각하더니

말을 이었다.

"윤우에게 꼭 확인해달라고 부탁하고 싶은 게 있어요."

"무엇인가요?"

지수가 물었다.

"윤우가 봤다는 끈 말입니다. 검은 공간에 퍼져 있는 끈. 그걸 확대해서 봐달라고 해주세요. 그것마저도 우리의 예측대로라면…."

김현태는 갓 돌을 지난 윤우를 보며 귀여워했다. 아내가 윤우 어머니와 차를 마시며 수다를 떨고 있을 때 김현태는 윤우의 작은 손가락을 장난감 바이올린에 올려놓고 반응을 구경하곤 했다.

"우리도 나중에 윤우 같은 아들 낳아야 할 텐데."

김현태의 아내가 아버지와 아들 같은 그들을 보며 말했다.

"우리 아들이 잘생기고 똑똑하긴 하죠."

윤우의 아버지가 옆에서 거들었다. 윤우 아버지는 새로 산 고가의 스피커가 마음에 드는지 높이가 가슴팍까지 오는 스피커 옆에 딱 붙어 있었다. 음악

이 나오는 동안 자신이 아끼는 수첩을 넘기며 선곡
을 했다.

"우리 아들이 다음 곡으로 뭐가 듣고 싶으시려나."

윤우 아버지는 싱글벙글하며 새로 꺼낸 LP판을
턴테이블에 올렸다.

"스피커를 산 게 그렇게 좋으실까요."

김현태가 웃으며 말했다.

"암요. 와이프한테 혼 많이 났습니다."

스피커에선 퀸의 〈Too Much Love Will Kill You〉
가 흘러나왔다.

"아들을 처음부터 제 확실한 아군으로 만들어야
겠어요."

윤우 아버지가 장난스럽게 말하자 윤우 어머니가
남편을 흘겨보았다. 그러자 모두 웃음을 터뜨렸다.
윤우도 음악에 맞춰 엉덩이를 들썩거렸다.

윤우는 학교에 가지 않았다. 시도 때도 없이 기자
들이 학교로 찾아왔기 때문이다. 웬만하면 집밖에도
나가지 않았다. 노래를 틀어 놓고 방에만 있었다.

"네 아빠가 그 노래 너한테 많이 들려줬어."

어머니가 말했다. 윤우는 창문 밖을 바라보고 있었다. 윤우의 얼굴엔 표정이 없었다.

"아빠 보고 싶다."

윤우는 혼자 있기 편한 자신의 작은 방에서 지난 일들을 반추하고 있었다. 바이올린이라는 걸 처음 알게 된 건 어머니 친구 부부가 장난감 바이올린을 사들고 왔던 때부터였다. 기억은 잘 안 나지만 그 부부가 우리 집에 자주 놀러 왔었던 것 같다. 그분에 대한 어렴풋한 기억은 원래 여기가 끝이었다. 그 부부는 곧 미국으로 유학을 떠났고 그 사람들을 다시 만난 것은 윤우가 중학생이 되었을 때였다. 그들은 윤우를 잘 알고 있었지만 윤우는 그들의 관심이 어색했다.

내 인생은 어쩌다가 이 지경까지 오게 된 것일까. 내게 왜 이 거지 같은 초능력이 생겨서 한 사람이 평생 감당하기도 어려운 죄책감과 두려움에 시달려야 하는 것일까. 사람들은 왜 이렇게 나에 대해 궁금한 게 많을까. 내가 그들에게 무엇을 해줘야 할까. 그들이 진정 원하는 것은 무엇일까. 어떻게 해야 이 모든 게 끝날까. 윤우는 시계를 보았다. 밤 열 시였다. 윤우는 조용히 집을 나왔다. 그리고 예전에 지수의 이메일에서 본 김현태 교수의 전화번호를 눌렀다.

김현태 교수는 늦은 시각임에도 윤우에게 집 주소를 기꺼이 알려주었다. 그리고 거실에 앉아 잠자코 윤우를 기다렸다. 벨이 울렸다. 김현태 교수는 현관으로 가 문을 열었다. 거실로 가서 함께 앉을 때까지 두 사람은 말이 없었다.

"오랜만이구나."

김현태 교수가 말했다. 정적이 흘렀다.

"잘 지내셨어요?"

윤우가 애써 호응했다.

"나 때문에 네가 잘 지내지 못했겠지. 실험에 참여해줬던 건 고맙다."

두 사람은 말없이 차를 마셨다. 이번엔 윤우가 정적을 깼다.

"그런 실험을 하셨으면 저에게 왜 이런 일이 일어나는 건지 알려주셨어야죠. 연구 주제가 '연주자와 청중의 감정 교류'였지만 그건 표면적인 이름이었다는 것 저도 알아요. 지수 누나는 실험에 참여하는 연주자가 여러 명이라고 했었지만 나중에 그게 아니라는 것도 알게 됐어요. 애초에 저라는 사람 자체를 실험하는 게 목적이었던 거잖아요."

"맞다. 너라는 사람을 실험한 거야. 그럴 만한 이유가 있었으니까. 네가 어떻게 그 초능력을 갖게 됐을지에 대해 생각해봤니?"

김현태 교수가 윤우의 공세에 눌리지 않고 말했다. 윤우는 미간을 찌푸리며 시선을 떨궜다.

"너는 5차원을 경험하는 아이야."

"그러면 뭐해요. 저는 사람을 죽이고 있어요."

"네가 죽였다고 생각하니?"

"그건 아니지만…."

"솔직히 말해봐. 넌 사람이 죽었던 순간에 희열을 느꼈어."

"제가 죽여서 희열을 느꼈던 게 아니에요. 그땐 제가…."

"네가?"

"제 의지와 상관없이 그곳에서 헤어나오지 못했던 거였어요."

"네가 죽인 게 아니라고?"

"아니에요."

"그러지 말고 이제 받아들여. 네가 그 망할 초능력에 취해서 내 아내를 죽였든 그게 아니든, 너 때문이라는 것엔 변함이 없으니까."

"제가 한 게 아니에요."

윤우가 간신히 말했다.

"네 실험 인터뷰에서 봤다. 네가 들었던 말이 부메랑처럼 너에게 실현된 적이 있다는 것 말이야. 그것처럼 너로부터 나오는 알 수 없는 힘이 사망자에게 치명적인 수준으로 가해졌던 거 아닐까? 화상을 입거나 차 사고가 날 뻔했던 것에 비할 수 없는 아주 강한 힘 말이야."

김현태 교수는 계속해서 몰아붙였다. 윤우의 눈이 충혈되어 뜨거워졌다.

"5차원을 경험했으면 뭐든 말을 해보란 말이야!"

김현태 교수가 급기야 윤우의 양어깨를 잡고 흔들며 악을 질렀다.

"흐읍."

결국 참지 못하고 윤우가 눈물을 떨어뜨렸다. 떨어진 눈물이 김현태 교수의 양말을 적셨다. 교수의 눈에 힘이 풀어졌다. 그리고 윤우를 잡았던 손을 놓

았다. 잠시 딴사람이 됐었던 것처럼 소파에 털썩 주
저앉았다.

"미안하다. 내가, 내가 흥분했다."

다음 날, 식탁엔 파스타 두 그릇이 놓여 있었다.

"윤우야, 오랜만에 스파게티 먹자."

어머니가 말했다. 그런데 집에서 늘 먹던 스파게
티 면이 아니었다.

"국수 사면서 이것저것 보다 보니 이런 파스타 면
도 있더라고, 펜네라는 거야."

그러면서 어머니가 면을 숟가락에 떠서 한입에
넣었다. 윤우는 조금 생소한 스파게티 면을 보았다.
일반 스파게티 면과 달리 길이가 숟가락 폭 정도밖
에 안 되는 짧고 통통한 면이었다. 특이한 건 빨대처
럼 가운데가 뻥 뚫려 있었다. 윤우는 젓가락으로 면
하나를 집어 올렸다.

"장난치지 말고 얼른 먹어."

어머니가 말했다.

윤우는 면을 눈앞에 가까이 가져와 관찰했다. 겉
은 두툼하고 속은 뚫려 있었다.

'윤우가 봤다는 끈 말입니다. 검은 공간에 퍼져 있는 끈. 그걸 확대해서 봐달라고 해주세요. 그것마저도 우리의 예측대로라면.'

지수에게 전해 들은 엘리엇 교수의 말이 떠올랐다. 윤우는 한 번도 끈을 가까이서 본 적이 없었다. 검은 공간에 있을 때 윤우는 마치 토네이도의 중심에 갇힌 것처럼 존재했다. 끈들은 실로 만든 인큐베이터처럼 자신을 감싸고 있었다. 하지만 끈들은 늘 자신과 일정한 거리를 두고 있었으며 손을 뻗으면 멀어졌다. 손에 잡히지 않는 것이 상실감을 불러일으키지는 않았다. 그것들은 원래 잡히지 않는 채로 있을 뿐이었다. 꿈에 나오는 물체의 촉감을 느낄 수 없는 것처럼 윤우는 끈의 비현실성을 자연스럽게 받아들였다. 하지만 시각과 청각만은 선명했다. 사실이 두 감각만으로도 충분히 자신이 황홀한 무력감에 빠져 허우적대도록 만들었기 때문에 그것을 손으로 잡아보겠다는 생각까지는 굳이 해볼 일이 없었다.

끈은 극한의 아름다움을 표현하는 빛줄기였다. 마치 오로라의 내부에 들어와 있는 것처럼. 그것은 너무도 아름다워서 오히려 위협적이었으며 할 수 있는 일이라고는 그저 그런 모습을 손 놓고 바라보는 일뿐이었다. 눈을 깜박이는 찰나조차 아쉬울 정도였다. 끈으로부터 들려오는 소리는 참을 수 없는 유혹이었다. 그 소리는 지구상의 그 어떤 악기 소리도 아니었다. 그것은 오직 그것이 낼 수 있는 음색으로 음정이 바람에 날리는 소리를 냈다. 음악회처럼 누군가에게 들려주기 위한 목적으로 정제되고 방향성 있는 소리는 아니었지만 묘하게 어우러져 조화를 이루었다. 아버지가 LP 가게에서 어머니를 처음 만났던 날의 소리도 그 조화 속에서 어느 한순간 윤우에게 포착된 소리였다.

끈과 함께 있을 때 윤우는 아무것도 바라지 않았다. 그저 이 공간과 작별하더라도 다시 올 수 있기만을 바랐다. 어쩌면 아버지도 그 검은 공간에 있을지 모른다. 그곳에서 자신을 내려다보며 아버지가 지나온 삶의 이야기를 끈에 담아 흘려보내고 있는 것은 아닐까. 윤우는 다시 숟가락에 있는 펜네를 보았다. 두께가 두껍고 속이 뚫려 있다. 윤우는 바이올린을 챙겨 뛰쳐 나갔다.

"윤우야, 어디가!"

윤우가 도착한 곳은 열일곱 명의 사망자가 발생했던 그 연주회 홀이었다. 경찰의 출입통제선이 둘러져 있었으나 신경 쓰지 않고 넘어갔다. 그날 이후 아무도 찾지 않는 폐쇄된 공간이었다. 윤우는 관객석 중앙 통로를 걸어 무대로 올라갔다. 자신도 모르게 숨을 참게 만드는 적막함이 어깨를 짓눌렀다. 그날 대류권, 성층권, 중간권, 열권까지 갔다가 우주 앞에서 멈춰야 했던 바로 그 무대에 다시 섰다. 깊게 심호흡을 하고 천천히 활을 들었다.

예능 프로그램이 한창인 텔레비전 화면 아래에 속보가 떴다.

바이올린 연주회 사망자의 공통 사인, 감전으로 밝혀져

이 소식은 그날 저녁 뉴스의 첫 순서를 장식했다.

앵커 *무려 열일곱 명의 사망자가 발생했던 연주회 현장. 원인을 알 수 없는 끔찍한 집단 사망 사건이 발생한 지 벌써 두 달이 지났습니다. 5차원을 경험한다*

는 A씨가 무대에 나와 바이올린을 연주했고, 갑자기 객석 곳곳에서 사람들이 쓰러졌습니다. 모두 병원으로 이송됐지만 전원 사망했습니다. 그중에는 예전에 A씨에게 바이올린을 가르쳤던 선생님도 있었습니다. 평소 지병이나 특별한 이상이 없어 갑작스러운 죽음에 동의할 수 없었던 일부 유족들은 국과수에 부검을 의뢰했고, 결과는 놀라웠습니다. 사망 원인은 모두 동일하게 감전이었습니다.

국과수 연구원 외상은 전혀 없었습니다. 사인을 진단하기가 쉽지 않았는데 일부 장기에서 아주 미세한 전류흔이 발견되어….

기자 감전사라는 국과수 소견은 사실 매우 이상합니다. 그날 객석에 앉아 있던 사람들은 전혀 감전에 노출될 만한 상황에 있지 않았습니다. 전기가 없는 곳에서 전기가 통해 사망했다? 저희 취재 결과 놀랍게도 이런 사건은 처음이 아니었습니다. 2년 전, 같은 A씨가 바이올린 콩쿨을 나갔을 때도 비슷한 돌연사 사건이 있었는데 역시 감전사였던 것으로 드러났습니다.

지수는 뉴스를 보다가 논문을 처음 작성할 때 김현태 교수가 했던 말을 떠올렸다.

'듣는 사람에게 파동이 전이된다는 게 버젓이 증명됐는데 뭐가 문제야.'

김현태 교수는 윤우가 5차원을 통해 방출한 파동 에너지가 자신의 아내를 죽음에 이르게 했다고 말했었다. 그때는 말도 안 되는 소리라고 생각했다.

지수는 엘리엇 교수에게 이 사실을 말했다.

"교수님, 윤우와 함께 있던 사망자들의 사인이 모두 감전이었답니다."

"주변에 감전될 만한 것들이 없었는데 그랬다는 건가요?"

"그렇습니다."

지수가 말했다. 엘리엇 교수는 두 손을 얼굴 앞에 모았다. 미간을 찡그린 모습이었다.

"믿기 어렵군요. 사실 나의 5차원 모형으로 감전을 설명할 수 있어요. 파동이 5차원을 통해 상대방에게 전달될 때 그 힘이 너무 강하면 감전이 될 수 있는 것이죠. 쉽게 말하면 우리가 음악을 들을 때 전율을 느끼는 것과 비슷해요. 우리는 알게 모르게

5차원에 존재하는 힘의 작용을 받으며 살고 있지만 5차원과 직접 접촉할 수는 없기 때문에 치명적인 영향은 받지 않는 것이죠. 그런데 윤우가 직접 5차원에 접근할 수 있고 그 차원을 통해 다른 사람에게 힘을 가했다면 그때는 감전도 가능할 수 있습니다. 하지만 이것은 어디까지나 이론이었는데."

김현태 교수가 옳았다. '연주자와 청중 간 감정교류'. 김현태 교수가 제시한 연구과제명이 바로 사망 사건의 원인이었다.

윤우는 자신의 발이 무대 바닥에서 떨어지는 것을 느꼈다. 윤우의 바이올린 소리는 홀 내부의 섬뜩한 기운을 몰아내며 공간에 퍼졌다. 음표가 있을 땐 윤우의 기운이 우세하고 홀의 기운이 수축하는가 하면, 쉼표가 있을 땐 윤우의 기운이 수축하고 홀의 기운이 커졌다. 이런 줄다리기 끝에 윤우는 천천히 검은 공간으로 진입했다. 끈들이 윤우를 반기듯 휘감겼다. 검은 공간에 들어온 후부터는 바이올린 소리는 작아지고 끈의 소리가 증폭되었다. 윤우는 가만히 끈의 소리에 몸을 맡겼다. 그러다가 손을 내밀어 끈을 잡아보려 했다. 팔을 뻗자 끈은 물결처럼 파동을 치며 멀어졌다. 윤우가 다시 손짓을 했다. 끈들이 다시 멀어졌다. 윤우는 오기가 생겨 끈이 조금이라도 가까이 올 때를 노렸다. 끈은 그런 윤우를 약 올리기라도 하는 듯 폭풍전야와 같이 거센 소리를 냈다. 그때 어디선가 익숙한 소리가 들렸다. 물속에서 음악을 듣는 것처럼 울렁이는 소리였는데 윤우의 뇌 스캐너 영상이 물체를 구분할 수는 있었듯이 가만히 듣고 있으니 그 정체가 선명히 모습을 드러냈다. 그것은 아버지가 좋아하던 노래, 〈Too Much Love Will Kill You〉였다. 끈들은 단체로 감정을 가진 것처럼 움직였다. 움직이는 모습은 불규칙했지만, 불규칙성으로 규칙을 이루어 노래에 맞게 움직인다는 느낌이 들었다. 그런데 그것도 잠시, 노래의 볼륨이 작아지면서 점점 사그라지기 시작했다. 윤우는 노래를 붙잡기 위해 몸을 발버둥 쳤다.

'안 돼!'

윤우는 노래를 보내고 싶지 않았다. 그래서 공중 부양에 몰입하는 것이 깨질 위험도 무릅쓰고 연주하던 곡을 그 노래로 바꾸었다. 바이올린 선율이 그 노래에 숨결을 불어넣었다. 윤우는 이제 끈의 파동을 주도하고 있었다. 사그라지던 끈의 노래가 화답하듯 다시 차올랐다. 끈의 파동을 반주 삼아 바이올린을 연주했다. 두 소리가 화음을 이룰수록 끈은 윤우에게 조금씩 가까워졌다. 그리고 마침내 눈앞에 있던 끈 하나를 낚아챘다.

윤우가 낚아챈 끈은 다름 아닌 펜네였다. 숟가락에 얹힌 펜네 한 조각을 보고 있었던 것처럼, 손바닥안에서 은은하게 빛을 내뿜고 있는 끈 한 조각은 꼭그것을 닮아 있었다. 좀 더 자세히 보고 싶어 눈앞으로 끈을 가져갔다. 그러다가 갑자기 시체라도 본 듯소스라치게 놀라고 말았다. 끈의 표면, 그러니까 두께가 있는 표면에 3차원 공간 안에 살고 있는 자기자신의 모습이 보였다. 거울에 비친 모습이 아니라현실에 있는 진짜 자신의 모습이었다. 윤우가 지금서 있는 연주회 홀의 무대, 그 연주회 홀이 있는 과학기술원의 전경, 끈의 둘레를 따라 시선을 조금 옮기면 집에서 옷가지를 정리하고 있는 어머니의 모습.끈을 다시 돌려보면 일본의 도심과, 태평양 한가운데, 미국 서해안 해변. 좀 더 돌려보니 지구뿐 아니라 태양계의 모습도 보였다. 그 모든 모습이 겨우 끈의 둘레 한 귀퉁이에 담겨 있었다. 오른쪽으로 쭉 뻗어 있는 끈을 따라가면 그것이 우리의 미래, 왼쪽으로 가면 과거였다.

윤우는 끈을 조심스럽게 돌려 가운데에 뻥 뚫려 있는 빈 공간을 보았다. 그곳엔 피리 속으로 바람이 드나들듯 어떤 기운이 끈의 내부를 오가며 움직이고 있었다. 윤우는 순간 그곳이 바로 사람들이 말하는 5차원임을 직감했다. 그 기운은 3차원 공간인 끈의 두께에 갇혀 있는 인간들에게 시공간의 제약 없이 영향을 미치고 있었다. 공중부양을 하고 있을 때 어머니나 레슨 선생님으로부터 들었던 말들이 나중에 자신에게 부메랑처럼 일어났던 것이 바로 그 기운의 작용이었다. 사람들이 죽었던 것도 5차원 앞에선 한없이 미약한 존재에 가해진 그 기운의 작용이었다. 윤우는 이제 알 수 있었다.

당연하지만 대중은 과학이 인간을 해치지 않는 선에서만 그것을 믿고 따랐다. 인간이 우주에서 한낱 미물일 뿐이고 인간보다 뛰어난 외계생명체가 존재

할 수도 있다는 것은 거부감 없이 받아들이면서도
우주의 섭리가 죄 없는 인간의 생을 빼앗을 수도 있
다는 것은 결코 받아들이지 못했다. 그렇기 때문에
감정 에너지를 실은 파동이 5차원을 관통해 사람을
죽였다는 해명은 차라리 안 하느니만 못한 것이었다.

'모든 것을 제가 안고 가겠습니다.'

김현태 교수가 속으로 되뇌었다. 자신이 죽어야
사람들이 납득할 것 같았다. 그래야 실험 책임 교수
가 죄책감에 시달리다 투신했을 거란 추측성 기사를
통해서라도 사건이 마무리될 수 있을 것 같았다. 그
전까지는 끝나지 않을 것이다. 김현태 교수가 나오기
만을 기다리고 있는 기자들이 연구실 창문 밖으로
보였다. 그 광경이 숨통을 조이는 것 같아 도망치듯
건물 옥상에 올라온 것이었다. 발밑이 아찔했다. 아
내가 보고 싶었다. 아내는 자신의 미국 유학길에 기
꺼이 동행해 박사 학위를 받을 때 자신보다 더 많은
눈물을 흘리며 기뻐하던 사람이었다. 친구 하나 없
는 타국 생활이 많이 힘들었을 것이다. 하지만 한국
에 돌아온 기쁨이 채 가시기도 전에 아내는 세상을
떠났다. 어이없게도 윤우의 바이올린 연주에 피아노

반주를 하다가. 아니야, 말도 안 되는 일이었다. 교수는 어떻게든 이 죽음을 이해해보려고 했던 것 같다. 그리고 마침내 아내의 죽음이 우주적 관점에서는 타당하다는 사실과 마주하는 건 매우 고통스러웠다. 어쩌면 그렇기 때문에 더 높은 차원이, 더 많은 지식이 인간에게 허용되지 않고 있는 것일지도 모르겠다.

윤우는 대학생이 되었다. 학과는 고민 없이 물리학과를 선택했다. 고등학교 졸업과 동시에 시대를 역행하는 대형 스피커를 택배로 주문했다.

"어쩜, 하는 짓이 아빠랑 그렇게 똑같아."

어머니는 요즘 누가 무선 이어폰 놔두고 대형 스피커를 사냐며 고개를 저었다. 윤우는 어머니 눈치를 조금 보다가 포장을 뜯고 스피커를 거실 양쪽에 하나씩 세웠다. 멀리서 보니 제법 고급스러웠다. 어렸을 적 어렴풋이 기억에 남아 있는 장면을 떠올렸다. 아버지가 이것과 비슷하게 생긴 대형 스피커 옆에 서서 뿌듯하게 표면을 쓰다듬고 있던 모습이다. 윤우도 따라서 스피커를 쓰다듬었다. 그리고 〈Too Much Love Will Kill You〉를 맨 먼저 들었다. 음악 소리에 맞춰 하반신 국수가 출렁였다.

7

얼마 못 살고 끝난 인생. 그렇지만 세상에서 가장 큰 행복이 시작됐던 순간은 윤우 아버지에게도 있었다. 윤우의 아버지는 늘 그 순간을 떠올렸다. 단골 레코드 가게에서 신보 LP를 구경하던 중 누가 문을 열고 들어왔다. 그게 윤우 어머니와의 첫 만남이었다. 그는 용기 내 말을 걸었고, 그들은 좋아하는 음반에 대해 얘기했다. 그녀가 이만 가봐야 한다고 했을 때 그는 잽싸게 음반 한 장을 구매해 선물했다. 그녀는 놀란 얼굴로 선물을 받았고 잠시 고민하더니 이름과 연락처를 종이에 적어 건넸다. 그때 그 순간은 스스로 손꼽는 인생의 명장면 중 하나다. LP판을 돌리지 않아도 음악에 에워싸였던 장면이랄까. 아마도 첫 만남과 가장 잘 어울리는 음악이었을 테다.

인생의 주요 장면에 흘렀던 음악을 누군가는 듣기도 한다. 윤우 아버지처럼. 대다수 사람은 지각하지 못하고 흘려보낸다. 당연하다. 자신의 음악을 듣는 게 쉬운 일은 아니기 때문이다. 그것을 들으려면 순간의 생각과 감정, 주변 환경을 악기 삼아 지휘를 할 줄 알아야 한다. 즉, 지금 이 순간 나를 규정하는 모든 정보를 악보의 적재적소에 배치할 줄 알아야 한다. 그런 점에서 윤우 아버지는 남다른 음악적 감수성을 가진 사람이었다. 그는 자신의 인생에 흘렀던 몇몇 음악들을 또렷이 기억하고 있었다. 하지만 상상도 하지 못했다. 죽은 뒤에 그 음악들을 자신의 하반신에 국수처럼 주렁주렁 달고 다니게 될 줄은.

윤우를 낳고 현실의 무게가 늘어날 때쯤. 윤우 아버지와 윤우 어머니는 조금씩 달라졌다. 윤우 어머니는 피아노를 전공했지만 음악과 멀어졌고, 윤우 아버지는 떠나가는 시절을 붙잡기라도 하듯 음악에 기댔다.

"그 비싼 걸 그렇게 덜컥 사면 어떡해?"

"저번에 허락해줬잖아."

"그건 그냥 지나가는 말로 한 거였지. 생활비도 빠듯한 거 뻔히 알면서."

"미안해. 윤우랑 같이 음악 듣고 좋잖아."

"볼륨 좀 낮춰."

고작 이 정도의 갈등이었다. 출근 전 대화가 마지막이 될 줄은 몰랐다. 윤우 아버지는 아내가 좋아하는 케이크를 사 들고 일찍 퇴근하는 길이었다. 하필 그 시각 중앙선을 넘은 화물트럭에 받혀 생을 끝내야 했다. 윤우 아버지는 지구를 떠나 한참을 날았다. 영혼이 되어 응당 가야 할 길을 가긴 했지만 너무 억울했다. 아직 어린 아들과 많이 놀아 주어야 했고 아내와 함께 케이크를 먹었어야 했다. 그렇게 후회하면서 영혼은 운명처럼 가까워지고 있는 인생-파동 변환 기계의 입구를 보았다. 그 기계를 통과하면 영혼이 분쇄되어 우주의 먼지로 돌아갈 것이었다. 억울했지만 영혼은 모든 것을 받아들였다. 그리고 기꺼이 기계로 들어갔다.

그런데 다리부터 집어넣어 몸의 절반쯤이 들어갔을 때, 영혼은 아래에서 올라오는 검은 공간의 기운을 느꼈다. 영혼이 분쇄된 후 마침내 도달할 검은 공간, 그곳은 그야말로 천국이었다. 천국이 있을지, 있다면 그 안에 뭐가 있을지 생각해본 적이 없지는 않았지만 발밑에서 올라오는 강한 기운은 처음 느껴보더라도 그곳이 천국임을 직감하게 했다. 환한 빛이 가득한 넓은 들판일 줄 알았던 그곳엔 예상과 달리 음악이 가득했다. 그것은 이 영혼처럼 각자의 삶을 살다 간 모든 인간의 음악이었다. 그 규모는 전 세계 모든 LP판을 모아놓은 것보다도 더 많은, 태어나고 죽은 모든 인간의 삶이 기록된, 끝도 없이 펼쳐진 끈들의 음악이었다.

인생-파동 변환 기계는 죽은 이들의 삶을 끈으로 변환하는 장치였다. 영혼은 몸을 부르르 떨었다. 영혼은 당장 아들에게 이 음악을 들려주고 싶었다. 상상도 못 한 이 신비로운 공간에 세로토닌이 폭죽처럼 터질 것 같은 환희의 음악들이 농축되어 있다는 것을 알려주고 싶었다. 영혼은 한시도 지체할 수 없이 반드시 아들에게 가야만 했다. 그래서 국수처럼 갈리는 자신의 하반신을 보면서도 끝내 이곳을 탈출해야겠다고 생각한 것이었다. 영혼은 자신의 하반신을 있는 힘껏 끄집어냈다.

투두둑.

탯줄이 끊어지는 듯한 소리가 났다. 검은 공간의 입구와 인생-파동 변환 기계, 영혼을 하나로 묶어 거미줄처럼 휘감고 있던 끈들이 한순간에 잘려 나 갔다. 검은 공간의 입구엔 끈의 잔해가 남아 있었다. 마치 국수를 잘게 끊어먹은 듯한 모습이었다.

영혼의 하반신엔 그런 끈들이 주렁주렁 달려 있었다. 끈들은 요동치며 소리를 냈으므로 음악이 달려 있는 것과 같았다. 윤우 어머니를 처음 만났던 LP 가게의 장면을 표현한 음악도 포함되어 있었다. 이렇게까지 검은 공간을 탈출해 지구로, 아들에게로 가는 이유는 하나였다. 검은 공간의 존재를 알려주고 싶어서.

'아들아, 이 세상 모든 음악을 전부 모아놓은 거

대한 음악감상실이 있단다. 그곳에 있는 음악은 다름 아닌 누군가의 인생이란다. 이렇게 살면 이런 음악이 되고, 저렇게 살면 저런 음악이 돼. 사람이 죽으면 음악이 되는 줄은 꿈에도 몰랐지? 너도 즐겁고 재밌는 음악이 되어야 해. 그래야 인생의 여정을 모두 마쳤을 때 후회가 없을 테니 말이야. 훗날 네가 검은 공간에 와서 인생-파동 변환 기계에 몸을 집어넣고 마침내 너의 영혼이 음악이 되었을 때, 그 음악이 어떨지 상상해볼 수 있겠니? 적어도 도입부는 눈물 날 정도로 사랑스러웠던 너의 미소를 닮아있길 바란다. 네가 연약하고 보드라운 볼을 움직이며 옹알이할 때 아버지와 어머니는 세상 누구보다도 행복했단다. 네가 조금 크고 나서는 여러 나라를 데리고 다녔어. 많은 것을 보고 느끼게 해주고 싶어서. 영국에 갔던 것도 기억하니? 너무 오래 걸어 다녀서 네가 힘들어하긴 했지만 말이야. 아무튼 이런 것들이 모여서 네 인생의 음악엔 좀 더 다채롭고 생동감 넘치는 선율과 화음이 깃들어 있기를 바랄 뿐이란다. 재밌는 사실 하나 알려줄까? 네가 연습하는 바이올린곡도 검은 공간에 있는 음악 중 하나였단다. 모차

르트도 바흐도 파가니니도, 모두 이곳의 소리를 들을 줄 알았던 게지. 위대한 작곡의 비밀은 바로 검은 공간이었어! 단순한 음표의 나열이 아닌 영화 같은 실제 인생의 이야기였으니 듣는 이를 움직일 수밖에. 예를 들어 '파가니니 카프리스 24번 가단조'. 예술 고등학교 단골 입시곡이니, 네가 중학교 3학년이 되면 이 곡을 연습하고 있을 수도 있겠구나. 이 곡이 누구의 인생이었을지는 몰라. 다만 어떤 인생이었을지 조금은 유추해볼 수 있을 것 같구나.

너도 알다시피 이 곡은 이렇게 시작하지. 글쎄, 소리를 이야기로 이해하는 게 참 말이 안 되는 것 같지만, 검은 공간을 잠깐이나마 경험해보니 그 방법을 알겠더구나. 내 하반신이 인생-파동 변환 기계를 통

과할 때 내 인생의 어떤 장면이 어떤 음악으로 변환
되는지 몸소 느꼈기 때문이지. 내가 들리는 대로 말
해볼 테니 너도 한번 생각해보렴. 나에게 첫 부분은
이렇게 들린단다. 이 사람은 규율이 굉장히 엄격한
곳에서 지냈을 거야. 직업 군인이었거나 너와 영국에
갔을 때 함께 기념사진을 찍었던 병정이 생각나기도
하는구나.

음들이 물방울처럼 튀어 떨어지는 것 같은 이 부
분은 네가 잘하는 기교이기도 한 스피카토로 연주되
지. 가볍고 밝은 느낌으로만 여겼었는데 의외로 생각
지 못한 이야기가 들렸어. 튀어 오르는 물방울은 다름
아닌 전쟁의 총격 소리였어. 목숨이 위태로운 전장에
서 간신히 살아남았지만 포로가 되었던 것 같아.

　이 부분에선 어떻게든 지혜롭게 살아남으려는 투지가 보이는구나. 적군의 고문과 회유를 견디는 모습이 보였어. 고통과 유혹을 동시에 가져다주는 것을 어떻게 대처해야 하는지에 관한 삶이었달까. 윤우, 너에게도 그런 순간이 분명 생길 거야. 고통과 유혹을 동시에 주는 일에 대처해야 하는 순간이. 그럴 때 어떻게 해야 하는지, 이 음악에서 힌트를 얻길 바란다.

　이제 지구가 보이는구나. 조금만 더 가면 너에게 도착하겠어. 내가 너에게 닿으면, 너도 나처럼 음악의 이야기를 들을 수 있게 될까? 잘 모르겠지만 그랬으면 좋겠구나. 내가 미처 해주지 못했던 얘기들을 검은 공간이 네게 해줄 수 있길 바라면서.'

　윤우는 그날 공중부양을 시작했다. 하루아침에

초능력자가 되었다. 아니, 정확히 말하면 검은 공간
에 접근할 수 있는 유일한 인간이 되었다. 이것 자체
는 괜찮았다. 영혼이 바랐던 게 바로 이것이었으니
까. 윤우가 검은 공간에 편안히 누워 다채롭고 찬란
한 음악을 듣게 해주는 것 말이다. 그러나 초능력이
위험한 이유는 사용설명서가 없기 때문이다. 윤우
는 검은 공간에 가는 것의 부작용을 전혀 알지 못했
다. 모르는 게 당연했고 알고 싶은 마음도 없었다.
초능력 덕분에 지루한 바이올린 연습 시간이 황홀
해지고 실력도 일취월장하는데 초능력의 위험성 따
위는 신경 쓰고 싶지 않았다. 하지만 결국 사건은 나
타나기 시작했다. 말이 부메랑처럼 윤우에게 되돌아
와 실현되고 자신의 연주를 듣는 사람이 사망하는
일이. 사실 이 모든 사건은 전 우주적 관점에서 보면
지극히 자연스러운 일이었다. 어디까지나 5차원에
적용되는 자연법칙에 따라 벌어진 일이었다. 그렇기
때문에 사실 모든 것은 예측할 수 있었다. 윤우가 검
은 공간에서 어떻게 움직였을 때, 어떤 감각 자극을
받았을 때 암시와 죽음이 발생할지를 미리 알 수 있
었다는 것이다. 우주는 이해할 수 있지만 인간은 이

해할 수 없었던 현상이었을 뿐이다.

윤우는 스피커의 검은 표면에 얼굴을 가까이 가져갔다. 마치 그 속에 검은 공간이라도 있는 것처럼. 음악이 흘러나오면서 살과 맞닿은 공기가 부르르 떨렸다.

"엄마."

"응?"

"나 물리학과 잘 선택한 걸까?"

"거기보다 더 잘 맞는 곳이 어디 있겠어."

"내가 5차원을 체험해봤으니까?"

"아니."

"그럼?"

"초능력을 다스리는 법을 배워야지. 네가 자유로워지려면. 다시는 그런 일이 생기지 않게 하려면 말이야."

윤우 어머니는 침착하게 상황을 이성적으로 받아들이려 했다. 아들이 왜 초능력자가 되었는지 아직 이해할 수 없는 것들이 많았지만 지수와 김현태 교수, 엘리엇 교수의 설명을 몇 차례 듣고 나선 이제는 윤우의 상태를 있는 그대로 받아들이기로 했다. 어떤 상태든 윤우가 행복해질 수 있는 길을 찾으면 되니까. 엘리엇 교수는 윤우가 자신의 5차원 모형을 이해하면 본인의 초능력을 이해할 수 있을 것이라고 했다.

"공부해서 엄마한테도 알려줘야 해."

어머니가 애써 웃으며 말했다. 윤우는 같이 웃지 못했다. 아직 마지막 연주회의 충격이 가시지 않았다.

"죄책감은 서서히 떨쳐내 보자. 네 잘못은 없어."

어머니는 윤우를 품에 꼭 안았다.

스피커에서 퀸의 노래가 아직 흐르는 중이었다. 하반신의 끈들이 출렁였다. 음악이라는 진동 때문에 출렁이는 건지, 둘을 바라보는 자신의 감정 때문에 출렁이는 건지 확실치 않았다. 어느 쪽인지는 중요하지 않았다. 중요한 것은 윤우가 나지막이 말해주었다.

"엄마, 우리도 좋은 음악이 되자."

8

작곡과 물리학

 밖이 시끄러웠다. 김현태 교수는 커튼에 몸을 가리고 창밖을 내려다보았다. 기자들이 1층 입구에 진을 치고 그가 나오기만을 기다리고 있었다.

 "파동으로 사람이 죽을 수도 있다는 게 연구 가설이었던데, 그렇다면 사망 가능성을 인지하고 있었음에도 가설을 입증하기 위해 실험을 강행하셨던 겁니까?"

 누가 목청을 높여 외쳤다. 교수는 그대로 벽에 기대어 있었다. 연구실은 늘 그렇듯 불을 켜지 않아 어두웠다. 교수는 콧바람을 내쉬며 쓴웃음을 지었다.

그러곤 메모지에 마지막 글씨를 적었다.

'모든 것을 제가 안고 가겠습니다.'

김현태는 건물 옥상에 올라가 난간에 섰다. 눈을 감고 발을 뗐다.

"교수님!"

지수가 다급하게 소리쳤다. 방금 막 옥상으로 뛰어 올라와 숨을 헐떡이고 있었다. 김현태 교수의 방에 갔다가 이상함을 느꼈던 것이다. 교수는 다행히 발을 떼려는 시늉만 했다. 오히려 지수의 목소리가 반갑기도 했다.

"난 죽을 용기도 없다."

"알아요. 그러니까 내려오세요."

둘은 잠시 각자의 위치에서 서로를 바라보며 대치했다.

"너무 많은 사람이 죽었어."

"이제 와서 죄책감이 드는 건가요?

"그래."

"교수님은 어떻게든 끝을 봐야 했을 거예요. 파동 가설을 믿는다면 윤우는 절대 놓칠 수 없는 데이터였으니까. 그 가설을 최초로 증명할 기회였으니까요. 처음부터 확신하고 계셨겠죠. 이 연구가 성공하리라는 것을."

"나는 죄책감을 느낄 자격도 없다는 얘기가 하고 싶은 거냐?"

"그걸 지금 확인하고 싶어서요. 교수님께선 윤우가 마지막 연주회를 할 때, 정말로 아무 일이 없을 거라고 생각하셨어요?"

지수가 정곡을 찔렀다. 최대한 떨리는 목소리를 붙들며 말했다. 그날, 연주회가 아수라장이 되고 나서 깜깜한 객석에 혼자 남았을 때, 문득 지수의 뇌리를 스치는 장면이 있었다. 윤우가 첫 번째 순서를 연주할 때 김현태 교수가 객석 앞줄에서 일어나 불안한 눈빛으로 문을 열고 나가는 것을 지수는 보았다. 연주회 도중 자리를 뜬 이유가 무엇인지 묻고 있다는 것을 교수도 직감적으로 알았다. 가장 잊고 싶은 일이었다. 김현태 교수는 흉기로 위협을 받은 것처럼 목에 잔뜩 힘을 주었다. 그는 그때 무언가를 예감했던 것 같았다. 연주회장의 두껍고 무거운 문을 가까스로 닫은 후 잔뜩 긴장한 얼굴로 주저앉았고, 휴대폰을 열어 119를 눌렀다. 사고가 발생하기 전이었는데 말이다. 구급차가 왜 기다렸다는 듯이 밖에 대기하고 있었는지 이제야 설명이 되었다.

"그런 사고가 발생할 줄 알고 있었던 건 아니야. 말이 돼? 내가 미래를 어떻게 알겠어."

"교수님이 구급차를 미리 불렀나요?"

"그래, 맞아."

김현태는 검사의 추궁에 투항한 것처럼 자신의 행동을 시인했다. 그러곤 괴로움에 입술을 세게 물었다.

"난 아내의 죽음을 이해할 수 없어서 너무 괴로웠어. 그러다 윤우라는 단서가 나에게 주어졌고, 그걸 좇았을 뿐이야."

"네, 알아요. 이제 그만 거기서 내려오세요."

지수가 교수에게 한 발짝 다가서며 말했다.

"여러 사람을 죽이면서까지 아내의 죽음을 이해하려고 했던 나 자신이 끔찍해."

교수는 이렇게 말하고 또 다시 발을 떼려고 하다가 휘청거렸다.

"교수님!"

지수가 울부짖었다.

"제발요. 제발…."

지수는 결국 울음을 터뜨렸고, 김현태 교수는 굳은 얼굴로 그대로 서 있었다.

학계는 양분되고 있었다. 한낱 잡설에 불과했던 파동 가설이 재평가받으며 급부상했지만 연구진이 반드시 윤리적, 법적 책임을 져야 한다는 목소리도 적지 않았다. 5차원의 발견을 축하하며 흥분에 휩싸인 사람들도 있었지만 연구 과정을 살인 실험에 비유하며 비난하는 사람들도 있었다. 전자가 더 우세했으나 후자의 기세는 꺾이지 않았다. 김현태 교수를 집요하게 찾아오는 기자들이 그런 부류였다. 네이처에서도 갈팡질팡했다. 지수와 김현태 교수의 논문을 다음 호 표지 논문으로 싣기로 결정은 했지만, 제목을 '인류의 도약, 5차원의 발견'과 '여러 목숨과 맞바꾼 5차원의 발견' 중 무엇으로 해야 할지 팽팽히 대립하고 있었다.

대립을 융화시킨 것은 엘리엇 교수의 공이 컸다. 학교를 설득해 지수와 김현태 교수를 각각 박사후연구원과 연구교수로 초청했다.

"우리는 감정이 움직이는 통로를 발견했습니다.

이 통로는 나와 다른 사람을 연결하는 동시에, 과거와 미래를 연결하기도 합니다. 이 통로를 인간이 정교하고 안전하게 다루기 위해선, 최초 연구자와 함께 추가 연구가 불가피합니다."

엘리엇 교수가 든든한 지원군이 되면서 부정적인 시선은 다소 완화되었다.

*

지수는 하버드에서의 생활을 만족해했다. 엘리엇 교수의 5차원 모형을 함께 연구하고 논문을 작성하는 것은 예전엔 꿈도 못 꿨던 일이었다. 박사과정 때보다 공부할 내용이 많아져서 대체 인생에서 공부가 언제쯤 끝날지 갑갑하기도 했지만, 가끔 장우섭 교수의 응원 메일을 받을 때면 무거운 마음이 씻겨 내려갔다. 장우섭 교수팀의 초미세 파동 측정 기술은 5차원 발견에 기여한 혁혁한 공로를 인정받아 국가 기반 기술로 지정되었고, 정부에 관련 전담 조직도 신설되었다고 했다. 5차원을 활용한 초고속 정보 전달을 실현하고 감정처럼 숫자로 정의하기 어려운 실체에 한층 다가서는 연구를 선도하기 위한 정책이라고 한다. 지수는 메일을 읽으며 뿌듯한 미소를 지었다.

"지수 씨, 저녁에 교내 연주회에 가는 것 잊지 않았죠?"

엘리엇 교수가 지수 옆으로 오며 말했다. 그는 자신의 5차원 이론을 증명해준 바이올린 음악을 거의 종교처럼 따르며 흥미를 붙이고 있었다. 오늘은 교내 오케스트라가 바이올린 협연곡을 연주한다고 했다.

"그럼요. 이따가 공연장으로 바로 갈게요."

엘리엇 교수는 눈짓으로 끄덕이며 방을 나갔다.

★

지수는 엘리엇 교수와 객석에 나란히 앉았다. 바이올린 협연자를 보니 윤우 생각이 났다. 마지막 곡이 끝난 후에 사회자가 무대에 나와 마무리 멘트를 했다.

"오늘 공연 어떠셨나요? 사실 마지막 곡은 국제 작곡 대회에서 최우수상을 받은 곡인데요. 오늘이 초연입니다. 작곡가를 무대로 잠깐 모시겠습니다."

그리고 박수를 치며 걸어 나오는 사람을 보았다. 지수의 박수 소리가 작아졌다. 머리부터 눈썹과 코로 이어지는 선, 부드러운 눈매와 입술. 그것은 지수가 너무나 잘 아는 생김새였다. 달라진 것이 있다면 잘 정돈된 머리와 깔끔한 양복을 차려입어 자신감과 여유가 묻어나는 아우라였다. 윤우였다. 지수는 당황스러운 반가움에 미간을 찌푸렸다. 윤우가 마이크 앞에 섰다.

"안녕하세요."

객석에 지수가 있다는 걸 아는 건지 모르는 건지, 윤우의 목소리는 떨렸다.

"저는 지윤우라고 합니다. 제가 어떻게 이 자리에 서 있는지 아직도 실감이 나지 않지만, 작곡가로서 처음 무대에 서게 되어 매우 떨리고 기쁩니다. 저를 끝까지 믿어준 사람 덕분에 바이올린을 할 수 있었고, 괴로움에서 벗어날 수 있었고, 마침내 제가 가장 좋아하는 작곡을 시작하게 되었습니다."

윤우는 객석을 훑어보았지만 지수를 발견하지 못한 것 같았다.

"조금 전 하버드 래드클리프 오케스트라가 들려

드린 곡은 '가장 행복한 인생이 무엇일지'를 상상하며 쓴 곡입니다. 최근 연구 결과에 따르면 인간은 사후에 여러 줄기의 5차원 끈이 되는데요. 그 끈이 진동하면서 자신의 인생을 표현하는 음악이 들린다고 합니다. 그래서 궁금해졌습니다. 가장 행복한 사람의 음악은 어떠할지. 저는 원래 바이올린을 전공했습니다. 하지만 바이올린의 네 개의 현만으로는 인생의 다채로운 모습을 표현하기에 부족함이 있었습니다.

그래서 관현악 작곡을 시작했습니다. 한 사람의 모든 것을 그려내기 위해선 다양한 악기와 다양한 선율이 필요했으니까요. 관현악 작법을 익힌 뒤에 마음이 가는 대로 곡을 써 내려갔습니다. 그 결과물로 이렇게 큰 상을 받을 줄은 꿈에도 몰랐습니다. 아마도 이 곡을 들으시면서 행복이 무엇인지에 대해 함께 공감해주셨기 때문이라 생각합니다."

지수는 한입 가득 윤우에게 하고 싶었던 말을 머금고 있었다. 윤우는 놀라우리만치 너무나 잘 지내고 있는 것 같았다. 객석에서 뜨거운 박수가 쏟아졌다. 순서가 모두 끝나고 사람들이 일어섰다. 지수는 있는 힘껏 뛰었다. 만나면 무슨 말부터 해야 할지, 내가 객석에 있었다는 걸 알았는지, 왜 그동안 연락 한번 없었는지. 많은 게 궁금했다. 무대 뒤 대기실로 갔더니 윤우는 없었다. 무대에서 내려오자마자 자리를 떴다고 한다. 아쉬움이 턱밑까지 올라왔다. 아직 멀리 나가지는 못했을 것이다. 연주회 홀 정문으로 가 보았다. 저녁 늦은 시간, 대형 크리스마스트리가 빛나고 있었다. 윤우는 보이지 않았다. 지수는 쪼그려 앉아 거친 숨을 몰아쉬었다.

"누나!"

뒤에서 뛰어오는 소리가 들렸다.

"윤우야!"

누가 먼저랄 것 없이 둘은 와락 껴안았다.

"엇갈렸나 봐요. 저도 바로 객석으로 갔었는데."

윤우가 한시름 놓으며 말했다. 지수는 상황이 재밌다는 듯 웃었다.

"작곡가가 되기로 한 거야?"

"아직 물리학의 물자도 모르는걸요. 작곡가가 되려면 먼저 물리학자가 되어야 하거든요."

"그 정도 초능력이면 되고도 남지."

"자동으로 공부하는 초능력은 없는걸요."

윤우와 지수는 반가움에 웃음을 참지 못했다.

에필로그

물리학이 작곡하는 방법을 알려준 셈이다.

마음을 움직이는 음악은 왠지 검은 공간에서 듣고 가져온 것 같은 의심이 든다. 검은 공간에 부유하던 어떤 망자의 인생을 악보에 옮긴 게 아닐까 하는 의심. 한 인간의 삶만큼 마음을 움직이는 것도 없기 때문이다. 자주 들었던 퀸의 〈Too Much Love Will Kill You〉도 그렇고, 숱한 명곡들은 소리의 뭉치가 한꺼번에 성큼 다가와 누군가의 사연 있는 이야기라는 인상을 준다. 그래서 나 이외에도 5차원 검은 공간에 갈 수 있는 초능력을 가진 사람이 과거에도 있었고, 지금도 있을 것이라 생각한다. 세상에 이토록 아름다운 음악이 많은 걸 보면 충분히 합리적인 추측이다.

나는 어떻게 이 초능력을 갖게 되었을까. 수많은 지구인들 중 왜 하필 나에게 초능력이 주어졌을까. 요즘은 이 물음에 대한 답을 찾는 중이다. 사실 말도 안 되는 어떤 생각이 스치기는 한다. 어제 우연히 목격한 한 장면 때문이다.

여느 때처럼 검은 공간에 누워 평화롭게 음악을 듣고 있었다. 내가 누워 있는 곳과 조금 멀리 떨어져 있는 곳엔 인생 - 파동 변환 기계에 지구로부터 날아온 망자의 영혼들이 쉼없이 투입되고 있었다. 기계는 영혼으로 만든 여러 줄기의 끈을 끊임없이 배출구로 내보냈다. 그 끈들이 진동하는 소리에 휘감겨 헤어나올 줄 모르다 반나절은 금방 지나가는 게 일상이었다. 그런데 그때, 기계쪽에서 무언가 부서지는 듯한 소리가 들렸다. 이럴 수가. 어떤 영혼이 탈출을 시도하고 있었다. 영혼의 몸이 인생-파동 변환 기계에 절반쯤 들어갔을 때였다. 영혼은 엄청난 괴력을 발휘해 자신의 몸을 끄집어내려고 안간힘을 썼다. 나는 당황해 벌떡 몸을 일으켰다. 기계에 금이 가면서 경고음이 울리기 시작했다.

"안 돼! 뭐 하는 짓이야!"

영혼을 붙잡으려고 했지만 이미 늦은 일이었다. 영혼은 끈으로 변해버린 자신의 하반신을 힘겹게 들어 밖으로 힘껏 도약했다. 나는 영혼이 순식간에 지구로 떨어지는 것을 가만히 보고있을 수밖에 없었다.

영혼이 도망쳤다. 이런 일이 있을 수 있구나. 아빠도 도망쳤던 걸까. 그렇게라도 나에게 돌아와서 검은 공간을 구경해보라고 초능력을 준 걸까.

〈끝〉

작가의 말

음악이 언어라는 상상을 실현해보고 싶었다. 음악에
도 형태소가 있을지. 단어와 문장이 모여 어떤 이야기
를 하고 있을지. 선율, 리듬, 화음을 음소로 사용하는
외계생명체가 존재할지 종종 상상한다. 그런 외계생명
체의 입장에서 보면 우리는 카페에서 배경음악이 아닌
말소리를 듣고 있는 것이다. 그 말소리의 내용이 아름
답고 슬프고 설레고 우울해서, 잘 만들어진 음악은 한
사람의 인생 이야기 같다는 생각을 했다. 이 생각으로
부터 '검은 공간'과 '인생-파동 변환 기계'를 만들었다.

음악과 공부, 거창하게 말하면 예술과 학문이 하나임을 말하고 싶었다. 공부도 하고 음악도 한다고 하면 사람들은 두 가지를 '병행'한다고 말한다. 그러나 나는 공부를 하는 게 곧 음악을 하는 것이라는 이야기를 하고 싶었다. 바이올린 전공생 '윤우'와 대학원생 '지수'는 서로가 서로에게 꼭 필요한 존재다. 이들의 삶은 서로 분리될 수 없으며, 각자가 함께 역할을 해주어야만 앞으로 나아갈 수 있다.

초고의 첫 독자인 아빠가 기차에서 다 읽었다며 전화를 건 목소리를 잊지 못한다. 대학에서 컴퓨터공학을 가르치는 아빠는 세상에서 글을 가장 잘 쓰는, 내가 가장 닮고 싶은 사람이었다. 우리는 한 시간 넘게 통화하며 '검은 공간'과 '인생-파동 변환 기계'에 대해 토론했다. 아빠의 열띤 목소리가 참 듣기 좋았다. 그런데 정말로. 정말로 아빠가 소설 속 아빠처럼 '검은 공간'에 가버릴 줄 몰랐다. 지금도 믿기지가 않는다. 괜히 내가 소설에 이런 내용을 적었다는 생각까지 든다. 그래도 소설처럼 아빠가 음악 속에 편히 있으면 좋겠다.

김한라

dot. 15
진동하는 세계

초판 1쇄 발행   2024년 9월 10일

지은이   김한라
펴낸이   박은주
디자인   김선예, 이수정
마케팅   박동준

발행처   (주)아작
등록   2015년 9월 9일 (제2023-000057호)
주소   07236 서울특별시 영등포구 의사당대로 38 102동 1309호
전화   02.324.3945-6   **팩스**   02.324.3947
이메일   arzaklivres@gmail.com
홈페이지   www.arzak.co.kr

ISBN   979-11-6668-815-7 04810
            979-11-6668-800-3 04810 (세트)